U0565727

小说家的散文

孙惠芬 著

他就在那儿

河南文艺出版社

· 郑州 ·

孙惠芬

2018.8.8

图书在版编目（CIP）数据

他就在那儿/孙惠芬著. —郑州:河南文艺出版社,2018.10
（小说家的散文）
ISBN 978-7-5559-0693-3

Ⅰ.①他… Ⅱ.①孙… Ⅲ.①散文集-中国-当代 Ⅳ.①
I267

中国版本图书馆 CIP 数据核字（2018）第 116231 号

他就在那儿
tā jiù zài nàr

选题策划　陈　静
责任编辑　张恩丽
书籍设计　锦　瑟
责任校对　陈　炜
责任印制　陈少强
出版发行　河南文艺出版社
本社地址　郑州市鑫苑路 18 号 11 栋
邮政编码　450011
售书热线　0371-65379196
承印单位　河南瑞之光印刷股份有限公司
经销单位　新华书店
开　　本　787 毫米×1092 毫米　1/32
印　　张　8.625
字　　数　167 000
版　　次　2018 年 10 月第 1 版
印　　次　2018 年 10 月第 1 次印刷
定　　价　38.00 元

印厂地址　河南省武陟县产业集聚区东区（詹店镇）泰安路
邮政编码　454950　　电话　0391-2527860

作者简介

孙惠芬，作家。出版《孙惠芬文集》（七卷本），长篇小说《歇马山庄》《上塘书》《后上塘书》《寻找张展》等七部。曾获得鲁迅文学奖等多种文学奖项。

目录

辑四

辑一

由悲喜交加带来的思考

我不是一个容易快乐的人。最初走上文学道路,与我总能陷入悲喜交加这样一种情境有关。很小的时候,本是一年三百六十五天都在盼着过年,可当年真的到来,又会因年的总要过去而感到恐惧;少年时本是盼着长大,可当长大的事实一旦降临,又会因为从此没了童年而郁郁寡欢。因为不断地有着盼望,不断地有着实现,悲喜交加便成了我日常光顾最多的情绪。从不会投入地快乐,从不会快乐得忘我,大喜之时,总能触摸大悲的存在。应该承认,最初的写作,跟悲喜交加这种情绪对我的困扰有着深刻的关系,在那一日日总要受到抑制的情感的波动中,在那融之不化、挥之不去的黯然伤神中,悲喜交加的情景仿佛一幕永不褪色的风景,在我的生活里覆盖了一切。将这种对生活的体会转换成文字,将这种困扰用文字来缓解、稀释,是我开始写作时在劫难逃的选择。一个妙龄少女在结婚之日的忧伤,一个不惑老人因为一次难得的旅行而永远背上心灵的十字架，一个乡村女子因为外界的吸引最终将完整的生活打碎，一个纯朴的乡下孩子考上大学走入文化人的行列，便告别了纯朴，永远戴着一副面具……随着年龄的增长，随着外部世界的不断打开，我发现，悲喜交加其实并不是我个人生活的困境，它是我身边每一个人的，是人这个群体共同的困境，它是人类命运的一条法则。我之所以悲喜交加，之所以在大喜的时候总能触摸大悲的存在，是因为悲和喜相挨太近。祸兮福所倚，福兮祸所伏。悲和喜在一个体积里，几乎就是一枚硬币的正面和反面；悲和喜在一个长度里，几乎就是河流的上游和下游。盛开的后边是凋零，高峰过后是低谷。我们赖以生存的这个世界，我们与之擦肩的这个人群，无不在这正面与反面里颠来倒去，无不在这长河中跋涉与挣扎。然而，尽管如此，有一个现象我们总是无法抗拒，那便是我们所赖以生存的这个世界，屡经枯荣从不衰败，与我们擦肩的这个人群，屡经失败从不气馁，凋零的后边是盛开，低谷过后是高峰。于是我发现，我性格中的悲喜交加，其实是喜悲交加，总是从乐观中看到悲观；而人类世界在斗争与发展的进程中却是真正的悲喜交加，总是在悲剧中一次次站立。

当我不断地因悲喜交加而写作，或因写作而更易悲喜交加，我不无惊喜地看到，悲喜交加是我身外这个世界所有生命的永恒遭遇，它在客观上带有规律的意味，它在主观上又带有发展的迹象,它在一次次交替中从不缺席。而人,迎接它、战胜它,积累了无数的经验和智慧,每一次的交替都不是原路返回。

抒写人生命运的悲喜交加,挖掘人在悲喜交加的命运中隐藏的人性的复杂与迷惑,是我从前、现在、以后乃至于永远的追求。在我一次次试图讲述身外世界悲喜交加的故事的时候,在我一次次试图更深层次挖掘人性深度的努力中,我还看到,我的创作状态与生命中悲喜交加的现象极其相似,每一次发现后边都隐匿着一次迷途,每一次爬上坦途都永别着一些风景。创作的快乐,想象的快乐,仿佛暗夜中的灯火,它一直就在前边引我前行,灭掉了再度点起……

1997 年 12 月

令人忧伤的情境

——《还乡》创作谈

一日下午,一个朋友给我打来电话,说心情不好,要我过去说说话。一个人心情不好,就是内心世界发生暴乱,暴乱分子可能是外部世界的一个眼神、一条信息,也可能是一缕阳光和空气。我不知道我一向以刚强自诩的朋友为何心情不好,当我来到她的家中,她正一个人在沙发上愣神。她见我并没马上向我供出暴乱分子,只把一盘瓜子推给我,让我和她一起磨牙。我们无声地磨着,在一种寂寂的气氛里。我们用牙齿和瓜子轻轻嗑动的声音凸现着寂寂的气氛。许久,她说,其实没什么,真是没什么,是我对自己不满意,我不满意自己……

事情原来很简单,我的朋友因为帮助她的同学搞了一个广告创意,一次性创收五十多万。她的同学,一再向她表示给她创意费,第一次表示,她恼怒,说同学之间不要搞得那么俗气。第二次表示,她依然恼怒,说最初帮忙,她根本没有想到赚钱。第三次表

6

示,她想了一会儿,她想已经坚持恼怒,不能把自己的坚守半途而废,于是再次恼怒。可是昨天,当她听到另外一位朋友告诉她,她的同学因为怕她说自己俗气,出资带几位曾经帮过自己的人到东南亚旅行,没有告诉她时,她的心竟再也不能平静,她说我不知道我会这样,不知道……

我说,如果她最初什么不问,把该给你的如实给你,你是不是即使反对,也不可能退回?她说是。我长时间说不出话来,我,我身边许多的文人,都经历过如她一样的尴尬,只是不愿说出来。欲望与信念总是错位,总想在欲望面前有所操守,又总因为这种操守把自己搞得支离破碎。总以为自己是不俗的一个,又总是因最俗的念头把自己搞得面目全非。

记得那个下午后来的时光,我们谁也没有说话,屋子里充满寂寂又充满忧伤。这种情境让我们无比忧伤。我们静静地嗑一会儿瓜子,而后站在窗口向外凝望……就是这个下午,叔叔的故事在我面前呈现了它的全貌,它发生时也许不是这个样子,可是它在这个下午的呈现,便成了目前这个样子。

1998 年 8 月 21 日

在迷失中诞生

——《歇马山庄》创作谈

　　《歇马山庄》的创作,跟我个人生活的困惑和迷茫有关,当时我刚刚从我的家乡庄河迁居大连,应该说,多年来,对于城市,我是怀有无限向往的,可是,当我真正进城,当我真正走进喧嚣、躁动、被世俗欲望搅扰得混乱无序的城市世界,我体会了一棵稻苗悬在半空的无依无靠,体会了融入茫茫人海找不到自我的恐惧。在此之前,我从来没有经历过那样的恐惧,完全是一种找不到家的感觉,被淹没的感觉。我常常在每一个夜深人静的时候,将思维探到心灵深处,以对心灵的感知来体会自我的存在,以体会自我的存在来支撑必须过下去的日子。对于那段日子,我会在将来的作品中写到它。我是说,长篇的写作,其实是为无依无靠的灵魂找寻一个强大的精神家园,它是一个虚拟的世界,它展示的是现实生活,可是这种展示的动力却来自对精神家园的寻找。

　　我的童年、少年都在乡下度过,日子、岁月在土地上运行的情境、形态、神韵在我的心里边留下了抹不灭的印象。它们一直像大树的根须一样盘扎在我的心灵深处，它们与时令、节气、风霜雨雪交织，它们与空落、寂寞、苍凉肃穆叠印，它们将乡村烈烈的日光和形形色色的人凸现在我的视觉里，它们随着我与乡村的走远，一点点变成我心灵的家园。如果说，我的自我只有在深夜里能够显现，那便是童年里无限阔大、宁静的田野和土地，是雨雾纷纷的春天和阳光灿烂的秋天，是永远为食物所劳累却永远也不绝望的乡里乡亲。我迷失了我在城里的家园，我回到了我童年的家园，我回到了我的内心，我在内心里开始了恣肆飞扬的怀想和想象。我想象我童年的乡村、日子、人的模样：乡村是永不改悔的寂静，日子是不折不扣的漫长，人是有板有眼的忙碌……就是这时，我萌生了写一部反映当代乡村、日子、人的小说的念头。

当代的乡村，到底是个什么样子，在为长篇做着准备的时候，我回了几次乡下，我极尽我的细致来体察什么才是当代乡村的本质。改革开放二十年，青年人心中早已没有土地，土地变成一种手段，有时可能连手段都不是，而老年人，无论他们的生活受到怎样的搅扰，土地都是他们永远的宿命和归宿；改革开放二十年，乡村文明与现代文明之间的冲突在弱化，青年们已经从最初挣脱愚昧落后的痛苦中走出，旗帜鲜明地追求经济、人格的独立；改革开放二十年，乡村的外表却永远是寂寞的、宁静的，因为土地的广袤、乡野的辽阔，寂寞和宁静是乡村的永恒。然而乡村人的内心却是热闹的、活泛的,他们在一次又一次的惊悸不安中常常自己跟自己对话,跟流动的时光轮转的日子对话。

现实的乡村与我童年的乡村在一种力的推动下融到了我的生命中,融进了我的写作着的生命中,写作的过程几乎可说是一个燃烧的过程,我不知道被一种什么东西烧着了,点燃了,我看到了一个又一个鲜活的人物,他们一点点走到我的笔下。他们一经走到笔下,便牵动了我,让我为之疯狂,他们好像一直等待在我笔的前方,他们经历着苦难——这人生永远的现实,他们在挣脱苦难的追求中,人性得到了极大的发展和张扬,他们对生活充满激情,他们又在强大的现实面前矛盾重重。他们让我焕发了种种生命感觉,他们一方面以地域文化特殊的情态不可抗拒地进入我的审美视觉,一方面又以瞬息万变的姿态无遮无拦地浸泡我裹挟我,让我沉到了感觉的海洋。在这个海洋里,语言被感觉击成一串串泡沫和碎片,捕捉这些泡沫和碎片让我快乐以极。不知道是在语言中感到了畅游的舒畅,还是跟我笔下的乡村人物有了切肤的沟通,还是这种沉入生命底部的写作让我真正找到了看到了一时迷失的自我,写到二十四万字的时候,我有一种站起来的感觉。

写完这部长篇之后,我写过一篇体会文章,题为《结构转机》,我对结构生命瞬间的波动、瞬间的转机情有独钟,瞬间就是历史,瞬间才是永恒。一个决策者的瞬间心理波动可以使时代发生突变,而时代的突变又会导致底层人的心理波动,要写出一个个单独的、个体的人,凸现他们生命瞬间的转机、瞬间的心路历程相当重要。当然,造成一个人生命的转机除了社会、家庭出身的因素,还有一个十分重要的因素,那便是"冥冥之中"。我对那个隐在我们生命中的不可预知的冥冥之中有着极端的敬畏,我对隐在我们生命中的那个神秘的东西有着极端的敬畏。不管是在日常的生活中,还是在写《歇马山庄》的时候,我都感到人生是无限神秘的。在我们身边匆匆走动着的生命中,神秘无所不在,一切事物的发展变化,都在一个神秘的时刻悄悄酿成,或者说都在一个悄悄的时刻神秘地酿成,你奔着的本是一条康庄大道,你小心翼翼,不时驻足张望,偏偏最终你又走到泥泞小径,偏离大道走入小径绝非你迷失了方向,而完全因为一场疾雨或一阵流风;你要去的本是一片波光粼粼的海湾,你满怀信心勇往直前,偏偏最终你走到了一片荒僻的丛林之中。目标一直就在前边,你分明看到了海水的碧蓝,你的眼睛分明已被波光灼疼,你最终却站在了荒野之上,满目怆然。你不知道怎么会这样,你确确实实就已经是这样而不是那样。你觉得这不该是你的命运,恰恰,这就是你的命运——每一个生命都在这种冥冥的错位中展示着生机,每一个生命都在这悄悄酿就的偶然的转机中得以延续、延伸、永恒。

我一直认为故事的魅力在于转机,但转机不是故事的原因和结果,而是那个变幻莫测、神秘曲折的过程。对于《歇马山庄》,创作的所有艰辛和劳苦,喜悦和快乐,都在这不遗余力的对于曲折过程的展示中,都在这不遗余力的对于瞬间转机的展示中。我无力结构自己的生命和命运,我却可以倾尽生命来结构我所状述的生命和命运;我无力结构自己的转机,我却要倾尽所有人生经验来推动、结构我笔下那些生命的转机。我所结构的生命是神秘的,我必须依附于生命的本来面目来结构转机,而创作着的我又是一个生命,我结构着的生命很可能因为生命对我的结构而有了完全陌生的全新的结构,就是这样。

2000 年 3 月 17 日

情感地理
——《街与道的宗教》后记

对我来说，这是一部意外的作品，在我没有一点准备的情况下，它来到了我的创作中。记得那是冬日里的一个下午，我刚完成一部中篇小说，要躺下休息时，朋友打来电话，说来了一位陕西师大出版社的编辑，要搞一套作家地理丛书，想约见几个朋友。我对这样的丛书没有兴趣。应该说，我除了对自己下一部想写的作品感兴趣外，对所有的策划和约稿都没有兴趣。写作这么些年，我从来不适合约稿，一有约稿便不会写了。然而，因为朋友要出差，没有时间去接待出版社的人，便恳求我去见一下。

约见的人是这套丛书的策划者姚洪文先生，见面才知道，他当时的想法并不是很成熟，所谓作家地理，只是一个意向，是指与作家创作生命和情感历程相关的地理，也就是说，要作家去写一个地方，一个影响了作家一生的地方。我在懵懂中一点点探问，我说是不是指作家的情感地理？他说对，就是情感地理。这句话

13

是怎样点燃了我的创作灵感啊！那天晚上回到家里，我兴奋得一夜没睡。他走后不到一周，我就开始动笔了。

写作时我才知道，我这没有准备的创作，其实已经准备了近四十年，其实是从一懂事那一天开始，就在做着这样的准备，也就是说，这部书在我的生命中已经等待了很久，它早就等在了我的前边，它其实早已经拱出了地面，只是上边落满了零乱的草叶和尘埃，就像一株从丛林深处钻出的小草，需要有人为它拂走身上的面纱。姚洪文是拂去这面纱的人，当然，即使没有他，它也迟早会得见天日。我是说，它的破土而出，实在让我喜出望外，它似乎刚刚露头，就让我看清了丰润的叶片、纤细的脉络，就让我看清了它的全貌。

这是一次最最宁静的写作，人沉在了时光隧道里，不知道现实时光的流动；这也是一次最最激动人心的写作，心灵匍匐在了睡梦中都在想念的故乡的一草一木上，痛苦与欢乐皆闻风而动。写作的过程中，我不知哭过多少次，笑过多少次……我回到了孩提时代，可是又躲不过成年的沧桑，而恰恰因为有了成年的沧桑，才使童年的苦与乐都变成了创作中的乐。如果不是中间隔着一个会，我相信那段美好的创作时光会很长，会因为长而格外地美好。那确实是世间真正美好的时光，已经四十岁的人了，还孩子一样在故乡的屯街上一趟趟疯跑，风在艳丽的日光下鼓胀胀地撞进怀中，恍如一个又一个气球。遗憾的是，写到五万字时，全国第七次作代会召开，我到北京开了五天会，再回来，用接近一周的时间将会议的信息从心里清出，那样美好的日子便断成了两截，那样美好的日子便不那么完整了，这真的让我有些遗憾。其实，这样的遗憾并不足惜，真正可惜的是，它影响了我的作品，使作品后半部分的气韵不那么充足了。

　　对我而言，这部书由谁出，出不出，在我写完之后都变得不重要了。重要的是，我写出了它，我写出了令我欣喜无比的文字。重要的是，我在我的乡村重新成长了一次。我和我的奶奶、父亲、母亲、叔叔、大爷以及哥哥、嫂子们，在故乡的屯街上重新生活了一次。有这，就足矣。因为无论怎样，我都再也回不到童年了，回不到了！

2002 年 1 月 31 日

我的日常

——《歇马山庄的两个男人》创作谈

　　曾写过一篇叫作《民工》的小说,在那篇小说里,我讲述了一对父子回家奔丧的故事,那个故事的结尾很悲惨,在奔丧的过程中一直饥饿着的父与子,忙碌完之后,因为饱餐了一顿,恢复了悲痛的能力,看到眼前空落落的现实,躺在炕上大哭了一场。那一次讲述耗掉了我很多心血,从那里走出,本以为我会轻松起来,可是作品发表后,一段时间以来,不知为什么我的心里一直不安,一直觉得我做了一件极不道德的事,仿佛我是一个歹徒,是我将这两个人劫持并一点点推到悬崖,逼到了绝路;我把他们丢到悲惨的境地,又撒手不管,扬长而去了。关键是,在奔丧的过程中,不管他们多么悲惨,他们毕竟一直在忙碌着,一直被参加葬礼的人们簇拥着,在簇拥着的忙碌中,日子怎么说也是不难对付的,可一旦静下来,生活回到日常情态,回到天高地远,回到漫长和孤寂,他们该怎么办? 他们该是什么样子?

就这么折腾几天，我做出一个决定，我决定再回到他们心中，回到他们的生活中，管一管他们的心灵和生活，为他们的心灵和生活负负责任。我所说的负责，自然并不是救救他们，我救不了他们，事实上在人的精神苦难面前，谁也救不了谁，能救的，只有自己。我是说，为了对得起我的人物，我能做的，只有把自己置身于正身处灾难的民工的日常中去，只有努力过滤掉事件，放慢镜头，记下他们精神濒临绝境时的自救过程。这是我唯一能做的。

　　日常，是生活最本质的状态，也是人最难对付的状态。事件总是暂时的，瞬间的，而人在事件中，又往往因为忙碌，因为紧张，体会不到真正的挣扎。事实上，人类精神的真正挣扎，正是在日常里，在一个人面对自己内心的时光里。然而，就像日常是难以对付的一样，在作品里表现日常也并不是一件轻松的事。我不知道我是否做好，我只是在努力着。

　　　　　　　　　　　　2002 年 9 月 18 日

野地的呼唤

——《歇马七日》创作谈

　　一转眼，秋天又到了，喜欢秋天，是我多年以来的事。每到秋天，只要秋风刮起，日光从窗前离开，天变得高远而透明，我的内心就有一种说不出的愉悦。在城里，在楼群密集的小区里居住，其实即使秋风刮起，也是听不到呼啦啦的声响的，但是我能听到。我听到的是苞米叶子在秋风中呼啦啦的响动声，我甚至能看到苞米叶子在风中飘舞闪光的模样。那是童年乡村的苞米叶子，它在我的秋天里一直响到了今天，飘到了今天。因为童年的经验，我一直保留着这份难以说清的秋天的快乐。然而，这不是我想说的，我想说的是，当我因童年的经验一直享受着这份快乐，当我在享受中无数次地回到乡村，我发现，我的每一次返回都有所不同，也就是说，随着时光的推移，阅历的增长，随着外部世界在生活中的渐渐打开，乡村的世界也在一点点变样，乡村的世界因为目光的改变而在不断改变。

其实,经验一旦属于某一个人,就变成了死的东西,要紧的是对这死的东西需要一次次访问,要紧的是要在这一次次对已成定局的经验的访问中获得新的发现。其实,所谓创作,就是对经验世界的发现和再发现,就是在已成定局的经验中寻找新的困惑和冲突。困惑和冲突,是生活中一个永恒的现象,对我而言,所有的创作,都是在死的经验中寻找活的常变常新的困惑和冲突,从而使经验变成精灵,在眼下和未来的创作中飞翔,在童年赋予我的歇马山庄里飞翔。

秋风刮起,怀着欢愉的心情,我看到了又一个歇马山庄,看到了歇马山庄又一个人群。

2007 年 9 月 3 日

阅读即是另一种探险

对我来说,创作和阅读,就像两个吊桶打水,一个上来了,一个自然就下去了。我在写作时,不能读书,我在读书时,也不能写作。长篇小说《吉宽的马车》交稿之后,我一直在阅读。我是一个没有进过大学校门、只有初中文化的写作者,对我而言,书不仅仅是食物,还是灯塔,它除了养育我让我成长,还进一步更进一步地照亮我的人生经验,焕发我的艺术想象,开启我对生活的思索。读书是一种享受,但并不是所有的书都让我享受。我的阅读相当"兴趣"化,感兴趣的,三遍五遍,不感兴趣的,刚刚闻到丁点气味就丢开放弃。而我的兴趣又有些狭窄,凡是有历史气息的,有时尚气息的,有理性气息的,均不符合我的口味。我身体里好像有一道隐形屏障,一遇到它们感受就被强行遮蔽。我喜欢心灵的历史,愿意在心灵的隧道里钻探;我喜欢朴素的渗透,希望不设防地被和平演变;我喜欢感性的表达,乐于在混沌不清中触摸理性的线索。由此我非常苦恼，因为如此下去，我永远成不了博学之人、饱识之士，永远当不了学者型的作家。在我一程程往前走着的创作生活中，我曾那么渴望自己成为学者型作家，为此，对身体里自然形成的对某种阅读的遮蔽非常自卑。我不知道是什么东西铸就了它们，助长了它们，只知道二十年前强迫自己啃石头一样啃司马迁的《史记》时头疼不已，十几年前啃托马斯·曼的《魔山》时读两三页就不得不放下，五六年前啃霍金的《时间简史》时，不到两小时耐心全无。我发现，强迫阅读，书本里的东西不但变不成食物，发不出光亮，反而让我慌乱不已，心情很坏。可以说，有好长一段时间，我对自己很绝望，由此不得不放弃对自己的强迫，进入随意状态，想读什么就读什么。

然而，一些年过去，我发现，我的阅读兴趣在发生变化，这并不是说我可以兴致盎然地读《史记》原著，我其实至今也没读下去，而是说像有些书，比如《魔山》《时间简史》，比如苏珊·桑塔格的《疾病的隐喻》，这些理性很强的坚硬的书，我居然不再觉得坚硬，我的在混沌不清中的触摸似乎有了不易察觉的方向感。也是这时，我知道阅读其实就是一寸又一寸地对自己生命经验的发现和开掘，对身体里那个所谓屏障的侵略和氧化。比如最近，读美国作家 R. 费德曼《致相关者》的时候，读法国萨米耶·德梅斯特《在自己房间里的旅行》的时候，读索甲仁波切《西藏生死书》的时候，不但不头痛，反而激动不已。之所以谈到这几本书，是说它们都是在过去的我看来理性色彩强、比较难读的书。我不知道曾经的强迫阅读是否有效，我只知道长期的兴趣阅读，其实正是无须强迫自己就能走进兴趣之外世界的钥匙，或者说是兴趣在开拓兴趣，是阅读在开拓阅读。

2003 年 5 月 17 日

点燃一星前行的篝火

多年以前,我在大连的《海燕》杂志上发表了小说处女作《静坐喜床》,那是我的一篇日记。在我初中还没毕业就辍学回乡的那些年里,因为忍受不了劳累,忍受不了理想的突然破灭,日记常常是我抒发心情的最好去处。在那篇日记里,我写了一个乡村女子在结婚这一天里的心情。我因为恐惧劳动,愿意像新嫁娘那样坐在喜床上浮想联翩而想象了新娘子的心情,也就是说,看上去我写的是别人的心情,实际上表达的是自己的心情。

很显然,在最初的日子里,抒发心情是我写作的唯一动机,那心情在漫长的日子间挥之不去,不断地盘旋,缠绕,延伸,密密麻麻,丝团一样塞在心里,让我郁闷,让我压抑,于是,不自觉就开始了化解心情的抽丝之旅,我因为化解心情而引发的小说在一篇篇相加。然而,小说在数量上的相加,并没有使我那缠绕的心情更加缠绕,而且恰恰相反,一些年来,当我一点点熟悉了小说这种抒情的工具,并能相对熟练地运用它,我的心情确实一点点疏朗了,似乎那密密麻麻的丝团真的被我一点点抽走了,现出了空隙。可是这时我才发现,这疏朗了的空隙却不是拨散了乌云的天空,而是抽漏了底的海洋。这并不是说正因为抽空了自己,才能更多更宽广地发现别人,不是。我是说,随着时间的推移,随着我创作年龄的增长,我发现那心情的丝团被一缕缕抽出后,现出的是可怕的深渊一样的孤独,它好像藏于深井下面的井水,被一些丝丝缕缕的心情一样的浮藻覆盖着,那丝丝缕缕的心情,只是它的面貌,而它的内部是孤独,或者说,那最初的心情,正是从这深处的孤独里长出来的,只不过我不知道而已。

应该承认,一些年来,因为写作,我越来越多地触摸到内心深处的孤独,在白日喧嚣而沸腾的日光下——我是那么容易感受日光,在夜晚寂静而深远的漆黑里——我是那么容易体会漆黑。或许正因为对白与黑太敏感,太善于感受和体会白与黑了,孤独感便纷至沓来,潮水似的,一浪又一浪,于是,毫不犹豫就拾起笔来,就像一个落水的人抓住一根救命稻草。

写作,依然是为了心情,只是这心情有了复杂的模样,比如分明感受到的是喧嚣,写出来的却是宁静,分明体会到的是黑暗造成的隔阂,写出来的却是彼此的映照和温暖。当然,有的时候,不愿相信喧嚣和隔阂,非要把它们打开看一看,看到喧嚣和隔阂竟然如此坚定,心情便不光是复杂,而有一些迷惑,似乎一定要借助一星篝火，自己燃起的篝火。

　　我想，我写作，只不过是自己为自己点燃一星前行的篝火。

　　　　　　　　　　2004 年 11 月 12 日

我读一本小书,同时又读一本大书

    1982 年,我在小镇制镜厂工作的时候,因为跟在小镇图书馆工作的青年恋爱,常常获得一些赠书,《沈从文散文选》就是他赠送的。依他当时的状况,不可能知道沈从文的伟大,可是不知为什么,他居然送了我一本沈从文的书,并且还是从县图书馆里淘来的。县图书馆发了大水,一批书遭淹,这批被淹的书就被淘了出来。书一页一页都粘在了一起,黄得如同土色,如不轻轻翻动,就会变成碎片。翻开第一章"我所生长的地方",一下子就被吸引了。一个人,他生长的地方也会写到书本里? 也会值得写? 再细细读下去,"我的家庭""我读一本小书,同时又读一本大书"……

    一本小书向我打开,一瞬间,如同打开一片土地,因为它被水淹过,泛了黄,有着土地的颜色,更因为那里边的每一个字都透着土地的气味,那分明是一片湘西的土地,属"边疆僻地小城",可是当我一页页打开,如同一页页翻过我过去的日子,我身后那片辽南的土地。在此之前，从没有人告诉我，你生长的地方是可以跳出来回头看的，是可以写到书本里的；从没有人告诉我，你的童年，你童年见证的人与事、苦与乐，是有意义的，是可以与别人交流并产生共鸣的。应该说，是从这一天起，我有了心灵里的乡土，而不单单是现实的乡土。它们与我休戚与共，我却与它们貌合神离，因为当我学会回头的时候，我发现我那样地爱着它们、理解着它们，又是那样地恨着它们、可怜着它们，我那样地依恋着它们，内心又是那样地想远离它们……

我想，在我二十二岁那年，在我遇到沈从文的时候，我的阅读才真正开始，书对我的意义才真正产生。然而，随着眼界的不断打开，随着我从乡村的一程程走出，这样的阅读，这样如同打开一片辽南土地的阅读，在我的生活中不断发生。在读萧红《呼兰河传》的时候，我满眼皆是辽阔土地的苍茫与寂然。在读奥地利作家茨威格的时候，我知道心灵的浩瀚如同江河的浩瀚，波涛能在转瞬之间倾成高山、跌成深渊。还有苏联作家艾特玛托夫，奥地利作家卡夫卡，瑞士作家赫尔曼·黑塞，英国作家哈代、劳伦斯，美国哲学家罗洛·梅，哥伦比亚作家马尔克斯，中国作家史铁生、韩少功，意大利作家斯戈隆，等等。我在不同的年龄里遇到他们，他们向我打开了不同的世界，那世界也许与乡村有关，与文学艺术有关，但更多的时候，是与你的心灵有关，与你不断需求和成长的精神有关。

读书，确实是一种精神活动，而人的精神是需要不断发育成长的。如果说人的身体有着高度，那么精神也同样有着高度，人身体的高度，在二十岁之前就已经成形，而精神的高度，可能终其一生都不会完结。人的精神高度，是说一个人的品格、境界、艺术追求，而这一切，与身高毫无关系，只取决于精神。换句话说，身体的高度，更多地来自遗传，是先天的，而精神的高度则更多来自修炼，是后天的。修炼，阅读是必不可缺的一课，原因很简单，书是人类智慧的结晶。如果说人的生命分两部分，一部分是肉体，一部分是精神，肉体靠吸收食物里的养分，那么精神，更大一部分，则是在阅读里吸取营养。当然，这里不排除阅读现实的人生，可是你如果没有知识的启迪和指引，没有艺术的焕发和抚慰，你不但无法看到现实人生折射的思想光芒，感受不到坚硬生活掩藏的柔软品质，现实反而会使你陷入泥潭不能自拔，因为只有审美的姿态，才能使你站到现实的人生之外，就像我二十二岁那年的那段日子。

　　关键在于，一个人的肉体，可能在三十岁之后就会一点点走向衰落，只有精神之树可以常青。关键在于，当你的身体走向衰落，只有不衰的阅读会使你不断得到滋养，让你觉得即使在枯萎中也会感受到晨露和朝霞，也会感到世界在向你打开，你的生命力、创造力正生机勃发。如果是这样，它们在你精神的血管里流淌，营养的就不单单是精神，它营养的既是精神，又是肉体。

这等好事,何乐而不为!

2004 年 5 月 28 日

女人的家

——《燕子东南飞》创作谈

　　这篇小说的诞生是一个很有意思的过程，2005年我丈夫拍了一个反映乡村老人如何在三个儿子家轮养的纪录片，那个老人每轮到一个儿子家，都说她要回家。老人生了一帮儿女，最终却没有一个属于自己的家，让人看了特别心酸。可后来才知道，她说的回家，是要回娘家。在纪录片里，我丈夫确实安排了一次儿女们送老人回娘家的仪式，她回家后不认识家也不认识家里的任何人。女人的家究竟在哪里？这片子看了让人难过，让人思考。但作为小说，我觉得这些元素远远不够。那时，我心里就有一个念头，一定写一部一个女人一辈子都想回娘家、一辈子也回不去的小说，必须是回不去，回去了就没意思了。可什么阻力才能使她回不去呢？什么阻力才能使她的回不去有着更深广的思想内涵和人性深度呢？

　　人物故事是一点点丰满起来的。一颗种子埋在心里，生根发芽是需要用心等待的,我用了哪些心才等来了那些须芽,如今已经忘记了,没忘的是,人物故事丰满后,一直找不到一个好的载体,如果把老人的一生都浓缩在回娘家的路上,一定是非常沉闷的。2007年某一日,我去开发区做衣服,坐上轻轨那一刻,突然有了灵感,我能去开发区这么远的地方做衣服,为什么不能在小说里安排"我"去一次歇马山庄呢?我去了歇马山庄,发现这个老人,一点点发掘她的秘密,为什么不能安排一次回家之旅,让我亲历她艰难而痛苦的过程呢?……让"我"出现在小说里,用"我"来穿针引线,一下子就获得了新的结构和语言。这部小说给我带来的最大收获是:矿藏埋在地下,从什么地方开采,用什么方式开采都有定数,写作者最需要做的,就是用心守候。

2006年8月7日

马车上路

——《吉宽的马车》创作谈

　　每一次写作都是一次挑战,这一次挑战似乎更大。小说的灵感来自回老家时母亲的一句话,她说我表哥家的小美在城里的饭店端盘子时被一个小老板看中,小老板让她回家等着,两个月后他来娶亲。青春是等不住的,小美回家办嫁妆会不会爱上别人?她要是爱上别人,还能嫁小老板吗?她要是嫁小老板,那后边还将有怎样的故事呢?将这个念头养在心里,就像养一条鱼。原本是要写一个短篇,可是一天天养着它,看着它,居然发现一个短篇根本装不下。我养着它,并不是给了它多么现实的食物,而是那段时间不期然走进虚无的世界,觉得一切都没有意义。为此,我去了辽南并不是我老家的乡村,希望抓住某些现实的东西,希望重温经验中的人间烟火。就是这次,我识别了一个乡村懒汉。所谓识别,是说他躲在一些女人后面,根本没跟我搭话。可是不知为什么,他一下子就吸引了我。想想看,一个年富力强的小伙子,不外出打工,成天打扮得干干净净的游逛在乡野上,要不是心里装着另一番天地,怎么能在寂寞的乡村待下? 可以说,是虚无让我看到别样的人生——那种拒绝奋斗、拒绝改变的人生。如果一切都没有意义,那我们为什么要奋斗、要改变! 我自始至终都没跟他说话,但我的内心已经被奔涌而来的想象填满。一个懒汉看到的世界,一定比一个奋斗者看到的世界更丰富更纯粹,因为只有不动,才会更深刻地感受天、地、自然,感受风、雨、万物。如果他在不动中还有稍微的动,如果让他赶一辆马车在乡道上转绕——马车常常是我熟悉的乡村懒汉栖身的地方,如果他因为拥有一辆马车而经常和上街赶集的女人们在一起,那么他简直就拥有了在虚无的我看来世界上最美好的生活了。然而,正是有了这样的想象,我的虚无如遇到一场大风似的,荡然无存,因为如果让一个懒汉赶上马车,那么在我心里一直养着的那个小美就有了去处,她搭上了懒汉的马车,她恋上了懒汉,或者说懒汉恋上了她,如此一来,一场有关两个人的内心风暴便在我的心里孕育。

我孕育着一个懒汉和一个女孩的内心风暴,我因此而不再感到虚无,因为之后我跟进了一个懒汉的世界,我的另一些乡村经验被层层唤醒,我眼前走来了那么多此前从不曾关注过的人和事,我内心骤然刮起了创作一部长篇的风暴。在这场写作中,我遇到了太多的困难,如何回到一颗青春的心,去经历一场原野上的恋爱——我觉得我已经没有书写这种乡村爱情的能力;如何将一个人的爱情风暴卷入城乡之间——回乡办嫁妆的女孩不可能嫁给懒汉,懒汉因为爱上女孩也不可能仍然留在乡村;关键在于,让一个人的内心风暴融入时代的风暴,必然会发现更多人的内心风暴,如何讲述更多人的故事,如何控制文字的节奏,如何写出命运的深度、人性的深度,如何让所谓的"当下"进入审美境界,变成艺术的现实,如何让笔触从心灵的缝隙里探进去,再从时代的缝隙里走出来,如何既反映时代又超越时代……我的写作从不曾这么艰难过,几乎是一步一坎困难重重险象环生,艰难给我带来了巨大的挑战,将写好的文字发给关心我创作的朋友看,几易其稿。最后,主人公的风暴已经结束,我还心有余悸,因为只有真正完稿,我才有勇气怀疑自己的才气是否真的能够完成这样一场"完美的风暴"。

在此,再一次感谢关心我创作的朋友!

2007 年 3 月 13 日

存在感

——《秉德女人》创作杂记

　　五叔是上世纪 50 年代考到沈阳鲁迅美院的高才生,毕业后在北京、哈尔滨等地工作。在我童年的记忆里,只要五叔从外面回来,当天晚上大家必聚到一起开会,听五叔讲话。五叔是公家人,是国家的人,他讲的事都是发生在遥远的外面的国家的事,什么中苏关系、中日关系,什么第一颗原子弹、氢弹、卫星……那样的时刻真是美妙无比,所有人的目光都聚集在五叔的脸上,每个人的脸都微微涨红,仿佛五叔的话是从国家这个粗血管里流出的血,一点点渗进了家里每一个人的神经……在我童年的记忆里,还有一种会让我难忘,那是生产队里召开的学"毛选"大会。那是"文革"初期,每到晚上,我都要在房后小树林里等待老队长的哨声,他哨声一响,我便撒腿往家跑。那时父亲已经双目失明,他去开会需要我牵着他的手。父亲在那样的会上非常激动,抱着我听队长在上边念报纸、讲话,下颏的胡须往往不住地抖动,身子一颤

35

一颤的，就像有什么东西正通过队长的话语传进父亲的身体……多年之后，我因为写作从乡村走出，在县城文化馆工作，有两年还阴差阳错地做了县文化局的副局长，变成了公家人，每周末回到乡下的晚上，父亲和三个哥嫂必定自动向我围来，像当年全家人围住五叔一样。我也就自然而然地扮演了五叔的角色，讲我所能知道的那一点点外面的事、国家的事。那时我已恋爱，回乡下必带男朋友，几次之后，男朋友因为不能在更多的时间里和我亲密，再也不跟我去了。然而我从没因此而修改日程，因为我看到了父亲和哥哥脸上的光……又是一些年之后，因为写作，我散漫的内心经历了由对秩序的渴望到对秩序的排斥，以及到对无秩序的自由精神的强烈向往，我毅然辞掉文化局的工作，从县城调到大连，又在不断写作的努力中有机会做了专业作家。专业作家意味着再也不用上班，再也不必开一些无聊的会，能拥有这样的自由，对我来说相当不易，可是没有人知道，当我家庭妇女一样成天坐在家里，再也不能经常出去开会，我的哥哥们是多么失落！偶尔，我外出采风被哥哥们知道，他们会赶紧打来电话，兴冲冲地问，怎么出去啦，开会吗？每当这时，我的心都在隐隐作痛，仿佛做了亏心事。

2005年的一个下午，我带着当时八十九岁的老母亲去移动营业厅交电话费，我们面对站在柜台里的服务人员，排队等待办理业务的时候，坐在身边的老母不无遗憾地说："你这辈子是不是再也不能像那些闺女那样干公家的活儿了?"我一时热泪盈眶,似乎终于明白,在不在公家里,是不是和遥远的国家有联系,只是人的一种存在感,是孤独的个体生命的本能需求,这种需求,不独属于知识分子,它属于这个世界上任何一个人! 包括秉德女人! 就像一棵树总要伸向天空,一条河总要流向大海。

2009 年 11 月 3 日

仰望星空

——《秉德女人》后记

1985 年 8 月,奶奶去世,我第一次经历与亲人的生离死别,一场隆重的葬礼之后,奶奶的生命永远地寂于黑暗,从黑暗中耸立起来的是一块石碑,石碑上刻着奶奶的出生年月,1889 年生于……在奶奶活着的时候,对时间和历史茫然无知的我,从没有问过奶奶生于什么年代,从不知道奶奶降生时还是 19 世纪。当在石碑上看到 1889 这个字样,心灵受到了意想不到的触动。从 1889 到 1985,隔着九十六年的岁月,在这九十六年中,奶奶经历了什么,奶奶的生命有着怎样的升飞与回落、激荡与沉浮……那时,我刚刚开始写作,还不知道有一部长篇小说在等待着我,还不知道,1889 这组数字是一颗闪着灵光的种子。后来,父亲去世,叔叔、大爷相继去世,在一次又一次的祭祀活动中来到坟地,我总能看到一片漫长的没有边际的黑暗,它们在一簇簇荒草中间疯狂扩大,它们在 1889 这组数字的照耀下,露出山脊一般起伏错落的模样,而这起伏错落的黑暗在我眼前,长久地挥之不去……

这是一次黑暗中的写作,它萌芽于挥之不去的通向 1889 的黑暗之中,起始于对这黑暗探险的愿望和激情。之所以险,是说在这黑暗里,我携带的唯一的光,是心灵,是贴近人物情感的心灵。我曾问自己,我拿什么穿越历史?回答是:心灵。2007 年秋天,在奶奶的生命寂灭了二十二个春秋之后,我发现只有心灵才能穿越黑暗中的荒野,将生命一寸一寸照亮。当然,我试图照亮的,不只是奶奶的生命,还有我出生那个村庄许多人的生命,小说里的秉德女人,也已不再是奶奶,而是一个集合了那一代许多女人生命的又一个生命。在我老家的村庄,不只是奶奶,许多奶奶那一代老人一辈子都在关心外边的事儿、国家的事儿,他们的家国观从哪里来,这家国观是怎样一种面貌,它的背后隐藏了怎样一种生存状态,辽南黄海北岸这个 17 世纪就与世界通港的码头小镇究竟给这片土地带来了什么……在长达三年多的写作中,有一句诗一直萦绕耳畔,那是奥斯卡·王尔德的诗:

我们都在沟中

但其中一些人

仍在仰望星空

它激励我在黑暗里探寻,一路爬过悬崖峭壁、历经千难万险,它激励我寻找通向 1889 道路的出口,寻找从 1889 往 1985 走来的路标方向,就像书中人物在黑暗中一路不停地寻找生命的出口、存在的方向……一些年来的经历让我懂得，对存在方向的寻找，不独属于知识分子，它属于城市、乡村所有人群，属于这个世界生活在任何一个角落的人，它是一种存在感，来自生命的原动力，如同一棵树向往天空，一条河向往大海。每个人都在沟谷中，有的人却在沟谷仰望星空。这星空就像魔术师变出来的魔术，刚刚还五彩缤纷，转瞬间却踪影不见黑暗一片。在写作中，我，还有我的人物，在黑暗中一程又一程地寻找，当又一片星空闪烁眼前，生命又一次欣喜若狂……

在黑暗里向着光明，如同向死而生。

于是，我由衷感谢在这次写作中帮助我挣脱黑暗的朋友，他们不断给我燃起光亮，告诉我出口在哪里，他们是我庄河老家的朋友孙得宇，是与我同乡、现在上海巴金研究会工作的周立民，是我的老师卢奕，好朋友刁斗、脚印、周晓枫。虽然我已无力将此书修改得更好，但他们的意见和鼓励给了我机会和勇气。在这里，深深感谢！

2010 年 8 月 18 日

重读安德森的《小城畸人》

　　1986 年,我在图书馆工作的男朋友送我一本美国作家安德森的《小城畸人》,那时,他认为我已经开始发表作品,应该多读点外国文学,就在送我的许多世界名著中夹带了这本书。说夹带,是说当时无论是他还是我,都想不到它会比其他世界名著更让我喜欢。那是一个很薄的小册子,黄色封面,上海译文出版社 1983 年出版,我几乎是刚翻看几页就爱不释手了。至今仍能记起当时读它时的情景,激动、不安又倍感压抑。似乎激动、不安正因为倍感压抑,或者是倍感压抑正因为无法释放心底的激动、不安。当时,我因为写作,已经从农村走出,在辽宁文学院进修两年之后,被安排到庄河县文化馆工作。过惯了无序的自由散漫的大田里的生活,突然被圈进一个有秩序的文明的世界的时候,安德森的《小城畸人》所散发的气息,就像流溢在身体四周的空气,伴我度过了最初孤独、孤寂的时光。我不知道,是我当时的孤独、孤寂和安德森小说里人物的孤独、孤寂相遇,有了某种同病相怜的感觉,还是充斥在孤寂的小城文化机关的气息与书中那个小城孤寂的气息相像,或者,小城文化人每天传讲的人和事,让我觉得和安德森小说里的人物一无二致,反正,我弃身边那么多的世界名著于不顾,无数遍地读着这本书。这里的小说,每一篇我都喜欢,当然《曾经沧海》印象最为深刻,因为当时,差不多每天都能在去政府食堂吃饭的路上碰到一个疯女人,她梳着长长的辫子,打扮得花枝招展,专门冲路上走过来的男人笑。周围几乎没人不知道她的故事,她和一个柴油机厂的技术员相爱,后来那技术员和一个革委会主任的女儿结婚,于是她一夜之间疯掉了。我常常在马路边儿静静地看着她,觉得她就是安德森小说里的艾丽斯。我当时喜欢《曾经沧海》,是因为在生活中找到了跟小说相对应的人物,从而模糊了生活和艺术的关系。

多年之后,大概是 2004 年冬天,我重读了《小城畸人》,重读了《曾经沧海》,与最初的阅读隔了十八年,却仍然像当年那样爱不释手、激动不已。不过,这时的我,只有激动,只有被某种东西点燃似的喜悦,却没有了当年的压抑。也许,是我离开了小城,再也触摸不到小城的孤寂了;也许,有了十几年创作经历的我,更多地被技巧迷惑……不得而知。我把这本小册子推荐给身边好几个热爱写作的朋友,他们都觉得好。我想,我后来的喜欢,大概也跟远离县城有关,是时间让我发现,在我曾经的记忆里,有着很多小城畸人，或者说，是安德森让存封在我记忆中的小城畸人又活了起来，而正是这活起来的他们，让我重新看到在县城里度过的青春岁月，就像他笔下的艾丽斯从流逝的时光中又看到了美丽绽放的青春。

在安德森的小说中，许多人物往往是不满足眼前的生活环境，极力挣脱自己，追求个人的自由和解放，而《曾经沧海》的艾丽斯不同，当某种美丽的东西透进她的颇为狭隘的生活，让她动了心，一颗心从此就只为另一个人跳动，情感的债台从此就层层高筑。先是攒钱，她想随情人之后到城市赢回他的爱，当发现那根本不可能，也绝不敢想有朝一日会嫁给别人，她甚至都不曾责备过对方；后来，她变得依赖于无生命的东西，把攒钱变成一种习惯，梦想存款的利息可以维持她和未来丈夫的生活；再后来，她因为年华老去和再也引不起别人注意的担忧而试图和身边的男人来往；但最终，她还是觉得"我需要的并不是他"，因此在一个冷雨打在她肉体上的时刻，被想要裸体上街奔跑的念头占据头脑。而在那场连自己都感惊讶的举动之后，她发现了一个自己不得不面对的现实："许多人必须孤寂地生和死，即使在温士堡，也是一样的。"可以说，艾丽斯在等待中所经历的过程，是一个精神到肉体最后又从肉体回到精神的过程，艾丽斯在二十七岁就走完了一生的路，为自己一时的因为"某种美丽的东西透进她的颇为狭隘的生活，竟动了心"做了殉葬品。这看上去不可思议，可是在安德森的笔下,显得那么顺理成章,又是那么可歌可泣,似乎绚丽的人生都蕴藏在艾丽斯十几年不安的等待和挣扎中。

艾丽斯这一形象的不同凡响之处,在于无论怎样,她都听命于来自生命深处的声音的呼唤,这呼唤清醒而又模糊。说模糊,是说她不知道自己怎么会陷入这样一场等待中,她永远不知道在这场等待中自己能做什么;说清醒,是说她尽管不知自己能做什么,但似乎总有一种类似信念的东西在左右着她,即使有一天,她认识到远方的恋人即便回来也不会要她,认识到"他正在生活的城里,男子永远是年轻的,花样那么多,他们就没工夫变老",她还是要悄悄告诉自己:"我是他的妻子,不论他回来与否,我始终是他的妻子。"最残酷的是,她驱策于某种模糊的信念,却又清醒地知道"在她的内心深处,有某种非幻想所能欺骗的东西,它需要人生的某种确确实实的报答","她需要被人爱,需要有一种东西来回答她内心愈来愈响亮的呼声"。可是,当为了这种呼声,她终于能够不顾一切在大街上狂奔,随便和一个男人亲近之后,还是回到了清醒中,认为"我怎么了?我要是不留神,会做出可怕的事情来的"。这模糊和清醒的不断交织,这时而复杂混乱、时而清晰清楚的不断推进,将艾丽斯等待的凄美推向了精神的高原。

安德森的小说注重人物行为和动作的展现,他很少打开人物内心。他虽然不打开人物的内心,可在他展示的人物行为和动作里,镌刻的是精妙的心理波动和情感纹理。他是一个讲故事的高手,他自称是"讲故事者",但在讲故事之前,你能感到他与他故事中的人物有着长时间的厮守,当作品中的女主人因为恋人的不归进入漫长的等待,他会让你看到时光的影子在一点点移动,他会让你听到时光在故事中的人物身体里流逝的声响。他的叙述行为和动作的语言是高度心灵化了的,是从安德森情感之炉里炼出来的,带有他个人炽热的体温,从而让你体会到说不出的无奈和忧伤。而在这样的语言后边,你以为安德森会毫不犹豫地打开艾丽斯因为等待而愈发柔细的心,可是绝不。他仿佛是一个善解人意的母亲或者朋友,因为不愿意看到亲人的苦痛而坚决回避。看似客观的局外人似的叙述,却包含了深沉而凝重的感情,既像秋天的雨水浇透了读者的内心,又像雨后的太阳照亮了人物在孤独寂寞中挣扎的灵魂。看上去,安德森从不管人物的内心,可他笔下的字字句句,都会让你感到是从他心中、从人物心中抽出来的,从而猛烈地敲打你的灵魂。他其实在貌似回避的过程中,巧妙地进入了人物的精神隧道。

安德森非常熟悉他的小镇生活,他跟他的人物长时间厮守,他悲悯他笔下的所有人物,在《曾经沧海》里,即使对那个负心的男人他也充满同情,"年轻的报人在克利夫兰谋不到职位,便向西跑到芝加哥了。有一个时期他是寂寞的,几乎每天写信给艾丽斯,随后他受到城市生活的羁縻,开始交朋友"。人在年轻时总以为外面的世界很精彩,却不知道外面的世界很无奈。之所以说他的语言是高度心灵化了的,是因为读他的小说,能感受到他的脉搏随着笔下人物的脉搏在一起跳动,能感受到字字句句嵌进去的是对人物全身心的投入和理解。在安德森《小城畸人》中《教师》这篇小说里,他借小学教师威拉德之口说,"你得了解人生,假使你想做一个作家,你得摒绝文字游戏……现在是去生活的时候……你千万不可以只成为一个文字贩子,你要明白的是人们想什么,而不是人们说什么"。应该说这句话给我最初的写作带来了很大影响,是那时,我更清醒地知道如果不贴近人物的心灵,就不是写作,而是在做文字游戏。

"要明白的是人们想什么",这正是安德森小说的伟大之处,用自己的心灵,摒弃一切跟心灵、精神无关的事物,直抵人心。这也是即使隔着久远的时间,不同种族、不同国度的人们,都能感受到这些人物的可爱可亲的原因所在。应该说,在我二十几岁的时候,在我遇到安德森和沈从文的时候,我的阅读才真正开始,经典对我的意义才真正发生。

2010 年 3 月 9 日

后颈窝的表情

——《致无尽关系》创作谈

曾经写过一篇小说,叫《春天的叙述》,那篇小说来自某个早上对儿子后颈窝的印象,儿子每次理发之后,露出被剃须刀刮净的后颈窝,都让我想起一个人——他的爷爷。那时,我第一次知道人的后颈窝也是有表情的。我儿子后颈窝的表情酷似他的爷爷,这让我想不通。于是就有了那个发生在春天里的关于媳妇与公公婆婆关系的叙述。然而一些年过去,这种关于关系的叙述欲望一直驱之不去。许多时候,当我坐在丈夫家里的人中间,被他们叫着嫂子或媳妇,或一些辈分上的称谓,我都在想,我怎么会和他们在一起?我跟他们有什么关系呢?

每个人,都生活在由血脉生成的关系网络里,我的母亲从一个与孙家毫无关系的于家嫁到了孙家,她生了我们一大串儿女,从此她就与孙家结下了牢不可破的关系;我的婆婆从一个与张家毫无关系的侯家嫁到了张家,生了我丈夫一大串儿女,于是,她就是张家宗族网络里不可或缺的一环;而我,从与张家毫无关系的孙家嫁到张家,生了我和丈夫的儿子,从此,我儿子的后颈窝就有了不可磨灭的酷似爷爷的表情。在这些错综复杂的亲缘关系里,婚姻是第一关系,如同亚当夏娃是人类的第一关系,作为这种关系的缔造者,母亲和婆婆怎么想我不知道,父亲和公公包括我的丈夫怎么想我也不知道,我经常有的想法是:我们为什么要结婚?

　　这篇小说,可以说从我结婚那天起就萌生在心里了,每当我往返在婆家和娘家之间,忙碌在由婚姻关系牵扯出来的关系里,每当我忙碌在那个烦琐复杂的关系里,觉得几乎被关系包围,到头来却发现自己的灵魂如此孤独,跟任何人都没有关系,我就恨不能马上写它。可是,不知为什么,那叙述的激情一直没有到达。2007 年年末,年一点点来临,我和丈夫讨论着过年回家给亲人买什么酒,这是每年一度都必须讨论的话题,就是这时,我的激情来了,我的小说诞生了,它顺着回家过年而勾起的无尽的关系网络生根、萌芽、长叶、开花。只是在写作过程中我意外地发现,这烦琐而复杂的关系,其实是人得以活下去的真正养料,没有它,人就是一缕虚无的风。只是这关系从小说里延伸出来,不仅仅是由婚姻而交织的人跟家庭、家族的关系,还有人跟故乡、过去的关系,人跟眼前、现实的关系,人跟梦想、远方的关系。

2010 年 2 月 28 日

读刁斗的《代号SBS》

　　我跟刁斗差不多同时期进入长篇创作，也差不多同时期结稿出版，创作过程中我们有过几次聚会，每一次，刁斗都津津乐道自己的小说，说他的小说滑稽、搞笑、好玩，说他在小说里写了一个荒谬无比的SBS培训班，虽然怎么说也说不清SBS到底象征什么，但由于不断地阐述，不失时机地强化，在他小说还没有出炉之前，SBS就已经成为我们几个朋友描述生活中荒谬事物的代名词，比如听说某某机关搞了一次可笑的干部选拔赛，某某公司正在准备的莫名其妙的大型讲座。那时，我以为，读刁斗小说会是一件很轻松很开心的事，就像听他平常幽默风趣的讲话，就像跟踪一个想回家而回不了家的人在心灵里游历——我非常喜欢刁斗《回家》这部长篇，那里丝丝入扣的心理历程让人懊恼不已又爱不释卷。然而，真正读到这部《代号SBS》，刚翻几页，我就傻了眼：我不轻松也不开心，我甚至有些愤怒。第一，小说里的主人公

"我"居然是个商业间谍，他一经出场的所有行为都不在我的经验之内，这并不是说小说不可以写间谍，而是刁斗没有设法做一些有效的铺垫，我无法走近这个人物的内心情感，于是他认为可笑的事情在我读来并不觉得多么可笑；第二，刁斗的语言滤掉了在我意识里业已形成的有关小说语言的所有元素，比如色彩、气息、味道，比如或冷静客观或炽热熨帖的温度，还有弥漫在"感觉"里的理性思考。我深知刁斗最不缺的就是思考，他几乎是一下笔就向我们展示了他对某种社会现象的调侃式思考，可这些思考就像一个动物的骨架，并没长上丰满的血肉。可以说，我是在气愤的情绪中一程程往小说深处走的，就像跟谁赌气，心想看你到底想干什么，能怎么样。

然而，赌气地往下看，看着看着，我竟不期然地被网进了一个骨架林立的生物的网络。说不清它是什么生物，但觉得它有了肢体，它的肢体在我无法预知的世界里有了动作，它确实没什么血肉，但我觉得它渐渐有了生命，就像我们在动漫电影中看到某些动物的骨架在厮杀。当然在刁斗笔下没有厮杀，有的是一派和谐和气的局面，商业间谍如期进入一个莫名其妙的 SBS 学习班，在一套诡秘多端、似曾相识又面目全非的教学规程中接受训练，而他多年搞思想品德研究的妻子又在训练一对智障儿童。奇怪的是，跟随小说的主人公走进学习班，那种先前让我愤怒的情绪竟一点点消退，随之而来的，是对每一个莫名其妙的训练程序的期待,是被每一个程序所展示的荒诞不经的现实所吸引。这时候,我发现,刁斗的想象力就像一眼冲天而起的喷泉,蓦地脱离现实的地面。他看上去脱离了现实地面,而实际上在建立又一个现实,他看上去不顾塑造人物形象,实际上他致力于塑造的是SBS学习班这个荒诞体系的巨大形象。我不知道,是不是正因为这个形象太巨大、太虚幻,使它无法还原色彩、释放气味,它所能展示的,只能是由智力搭建的骨骼的弧度,由信息穿梭的肌体的密度,用时尚事件、词语焊接的情感的浓度,反正往下读着,越来越发现,这个形象看上去不着边际、没有血肉,实际上它纷繁交错、血肉丰满,因为当你深入进去,参与各种无聊而有趣的游戏,进入各种滑稽可笑而不失逻辑联系的事件中,尤其当致力于思想品德研究的妻子的研究成果浮出水面后,一点点地,你觉得有一个巨大的形象如天外来客般落到现实的地面:它闪烁不定,却触手可及;它忽隐忽现,却结实而牢固;它怪异、荒谬,不可思议,它落到现实的地面,让你感到可笑的却不是它,而是地面上所有正常的一切;它缥缈、飘逸、似是而非,可当它与你对峙时,却有着彰显是非的巨大力量。被刁斗式的骨架网进去,我居然也和刁斗一样,忘掉了所谓小说创作的所有元素,只顾走进一个个陌生的圈套,蒙面接头,偷窥,实验芯片植入……我既是这个庞然大物的一个环节,身在局内,被操纵被主宰,又伫立在这个庞然大物之外,静观事态进展。我虽常常惊惧不安,却也常常乐不可支,我虽有时忍俊不禁,却在更多的时候痛心疾首心情一路下沉,使原本从未经验的事物变成正在经验的事物,使原本虚构的怪诞的人际关系变成真实的足以把心情搞坏的现实的人际关系。关键是,读到后来你会发现,在刁斗创造的现实里边,在刁斗建构的人际关系里边,其实浓缩了我们每一个人的现实经验,包含了我们和社会的种种关系。只不过我们从没有想到过以如此的姿态来创造来建构,只不过刁斗在创造和建构中植入了整体的幽默。

　　姿态,这是一个关键词语,对一个写作者而言,它见出的是立场、责任、价值取向。刁斗对世界有着如此飞扬的想象、超然的表达,是他的生命体与许多生命体的不尽相同使然,是他长期以来丰厚的阅读、不倦的思考使然,但我更愿意相信,是他从不放弃的知识分子立场,是他对社会难能可贵的责任感、道义感使然。在长篇结束之后,他曾经在短信上发给我一句别人的话,那是写过《美丽新世界》的赫胥黎的一句话:"唯一真正和持久令人兴趣盎然的东西是对待生活的各种态度以及人类与世界的关系。"我当时并不能明白这句话的真正含义,也不知道刁斗为什么读了这句话会如此兴奋,现在,读完《代号 SBS》,我似乎有所醒悟。我在想,一直让他兴趣盎然的,是不是他这种对待生活的态度呢? 一直让他兴趣盎然的,是不是在这样一种态度的驱使下,他建构了一个荒诞不经却真实可信的 SBS 形象,创造了一个独属于自己的世界,揭示了人们对待生活的各种态度和与世界的微妙关系呢?

读刁斗的小说，对我是个巨大的挑战，也正是这挑战，让我思考，让我学习。我多年来的创作，都在努力让身边的现实进入艺术，可是从没想过可以如此进入。我初入创作之门时最喜欢的作家是沈从文和萧红，他们教我如何打量身后那片土地、打开记忆中的日子，他们教会我如何理解土地和日子、理解和悲悯这些生活在土地上的人，教会我如何与他们既休戚与共又貌合神离，然而正是这种忠于现实的阅读经验，使我对另一种创作感到陌生。这并不是说我喜欢现实，我是想说，艺术地表现现实，或许存在两种可能：一种，是你如何在想象中让生活回到原样，就是让它更"像"，然后在"像"里发现、寻找人类丰富复杂的生命状态；另一种，是把生活的灵魂抽象出来，让它不"像"，或者是在灵魂的层面回到原样。昆德拉曾说过，就小说的价值而言，忠实于历史的真实仍然是次要的事情，小说家既不是历史学家也不是先知，而是存在的探险家。我想说，刁斗正是一个这样的探险家。

2010 年 7 月 19 日

与经典相遇

　　遇到萧红的《呼兰河传》，是 1986 年。这年 3 月，我在《上海文学》上发表了短篇小说《小窗絮语》，小说写一个青年在城里读了两年书之后再回到乡下家里的烦恼心绪，她闻不惯乡村恋人身上浓烈的化肥气味，听不惯奶奶、父母、哥嫂随地吐痰的声音，看不惯铺满院落的鸡鸭猪狗粪便，更不接受原来有着远大理想的闺中密友已结婚生子、被活生生拉进泥土的现实……那是一部自传体小说，内中许多情节都是我的亲身经历，可我想不到，就是这样一篇小说发表之后，一个读者从大连开发区出发，开车专程来庄河见我——那时已经有了开发区这样的新生事物，这位来访者是开发区管委会的一位领导。令我想不到的是，他身在改革开放最前沿，却有闲暇读小说，并且，他还带来一位热爱小说的朋友，并且，他的朋友还带来了见面礼——萧红的《呼兰河传》。当时，我根本不知道萧红是谁，不清楚他们为什么要送我她的书。那不是书,是一本复印件,是来访者专门为我复印的《呼兰河传》。因为不知道萧红是谁,也就不知道这份礼物有多么重要,不但如此,由于刚刚开始写作,刚刚因为写作而从农村走出,到庄河县文化馆上班,两个陌生人的来访不但没有打动我,反而让我惊慌失措——他们一路打听着走进文化馆创编室时,引来许多好奇的目光。

那次,与慕名而来的朋友见面——后来我们成了无话不谈的朋友,究竟说了什么,坐了多长时间,我全然记不得了,唯一记得的就是把他们送走后,发现土黄牛皮纸封皮上"呼兰河传"四个字向我闪烁着急切的眼神。很显然,急切的是我而不是它,因为急切,我提前离开办公室过起了夜晚。在那个拉了窗帘的昏暗的宿舍小屋,我彻夜无眠,我像吸附在一块磁石上的铁屑,随着磁石的移动微微颤抖,激动不已。萧红笔下一到冬天就裂了口子的大地,一到春天就陷进泥浆的马车,只有秋天才热闹起来的山野,还有黑漆漆的磨房、漏雨的粉房,荒凉的草房人家,还有祖父、祖母,还有在大街上自由窜动的蜻蜓、蚂蚱、小燕子,分布在小城街头的金银首饰店、布庄、茶庄、彩纸铺……我不知道是被游走在文字里自由自在的灵魂打动,还是被镶嵌在荒蛮大地上的孤独寂寞感染,我一经走进去,便再也不能自拔。那个夜晚,我被烧着了一般,在床上一会儿趴下一会儿爬起。我走进去的,本是萧红的呼兰河小城,却觉得那小城就是我的家乡小镇;我看到的,本是萧红的童年景象,却觉得那景象正是我童年里的记忆。第二天早上,当我睁着一双熬红了的眼爬起来上班时,我的眼前,已经站立起另一个村庄。她坐落在盆地中央,前后街两排草房,她前边有两条细长的河谷,河谷两岸长着丰沛的野草,她就是生我养我的辽南乡村山咀子。

1986年,这一年对我实在太重要了,它的重要在于,通过萧红,我看到了自己的村庄。我的村庄一直都在,它位于黄海北岸,却不守海,它属于辽南山区,却没有山,它只是一个盆地里的村庄。它在行政上隶属于辽宁省庄河县——庄河,庄河,庄庄有河,所有的河谷都通着大海。我故乡的河谷,两岸长满了野草,顺长满野草的河谷向东南方向走,不出一小时就能走到海边小镇,那小镇叫青堆子。我在乡下待得寂寞厌倦时,被父母管束得喘不过气时,就顺河谷小道逃往青堆子小镇,叛逆的情绪往往随着河谷岸边的野草一起摇曳。我初始写作,抒写的就是这种急于逃离的叛逆情绪。虽然在这种情绪中,也触及村庄的人和事,也描绘过大街、土地、山野、草丛,可我的情感是厌恶的、憎恨的,我对村庄人事景致的书写是下意识的、不自觉的。朋友喜欢《小窗絮语》,或许是他看到了那里边下意识的部分,朋友的朋友送来《呼兰河传》,或许是觉得我下意识书写的村庄和萧红笔下的村庄有点像,可他们不知道,他们唤醒了我对属于自己的那个河谷村庄的感情。那天早上,我满眼都是我故乡的村庄河谷,河谷两岸丰沛的

56

野草,一股炽热的溪流涌进眼角,我瞬间热泪盈眶。

厌恶是因为爱,憎恨也是因为爱,就像情人间的爱极生恨,就像亲人间的怒其不争。可是在遇到萧红之前,我看不到自己对河谷村庄的热爱。我甚至不知道,我在小说里不断地书写她,书写那些落后的令我厌倦的人和事、令我反感的畜类和蚊蝇,正因为我在不断地向外的逃离中受到了冲击和伤害,我是因为受到伤害,才愿意回到心底的村庄。

伤害同样来自1986年,这年5月,我从一个脸朝黄土背朝天的农民摇身一变成了拥有城市户口的城里人,成了天天在文化单位上班的文化人,可是野草一样在山野里长大的我,对按时上下班,对程序和秩序有着天然的抵触,尤其创编室里寂寂无声的气氛⋯⋯我倍感压抑,我因为压抑而生出郁闷,我因为郁闷而神经衰弱,得了严重的失眠症。见到来访的朋友,读到《呼兰河传》,正是失眠最厉害的时期,通过呼兰河小城看到我的河谷村庄,一株在乡野上摇摇晃晃生长了二十多年的野草无异于回到那片自由的土地。

后来我知道,萧红写《呼兰河传》,是她在外面世界疲惫漂泊近二十年之后。近二十年,她追求个性解放,不断地从乡村逃离,她逃脱父亲的专制统治,又感受到男权文化的压迫,她"逃避男权文化的钳制",又遭遇"日本侵略者的铁蹄",最后患病住在香港。当巨大的孤独和寂寞扑面而来时,她的笔便回到了虽是寂寞但却无拘无束的乡村大地,她的灵魂在那里自由地徜徉。有研究者说,萧红"是一个有着深刻思想的作家,在短短十年的创作生涯中,写下了一百万字的作品,她由幼稚到成熟,由投身左翼思潮到逐渐独立,有意识地疏离主流意识形态话语,思想经历了明显的前后两个发展阶段"。而我宁愿相信,萧红的成熟,萧红的有意识疏离主流意识形态话语,有后天外部环境的影响,更有野草一样自由生长在乡村的因素。在她的童年,虽也有祖母的管束、封建礼教的压迫,可坦荡的大地、开阔的原野使她一直保有一颗自由的心灵。萨特说,凡是人都有他的自然地位,这个自然地位的高度不是自尊和才华所能决定的,而是儿童时代确立的。萨特说他的自然地位是巴黎六层楼那么高。童年对一颗自由心灵的培植,使萧红多年来一直有着清醒的内心边界,当某种专制和束缚、程序和秩序伤害了自由,她刀锋一样锋利的神经便撞到哪里哪里滴血,她的笔下便有了饱满的激情,这激情在回到故乡大地时,便再生出一个阔大的艺术世界。

出走因为追求自由,回归依然因为对自由的追求。人在封闭愚昧的乡村,向往的是外面的开放和文明,殊不知开放和文明自有自己的程序和秩序、自己的制度和法则。这秩序和程序、制度和法则对身心的自由是另一种束缚和挑战。实际上,我在1986年遇到萧红的时候,找到了我心灵里的真正家园,她在我的对面,又在我的背后,她是我的记忆,也是一个真实的现实的村庄。乡村有自己的秩序、自己的文化结构,可她一旦变成思念和怀想,升腾在现实的文明世界对岸,那里就成了一个自由精神的栖息地,就生出一个理想的虚构的空间。

我不知道,当年驱车而至的来访者,是不是心灵的自由在喧嚣的开发区备受压抑,才在我无意识写到的村庄里找到寄托?也不知道,那位送我《呼兰河传》的朋友,是不是从我的作品里了解了我的压抑,才有意让萧红带我回到身后的村庄?或者,是他们觉得作为一个写作者,必须知道我是谁,我的故乡在哪里,才能在文字里建立起一个自由的艺术王国?我不知道。我只知道,在我刚刚开始写作的时候,有陌生人专程为我送来萧红的书,是老天的眷顾,是上帝的垂青,是命运的奇迹。我还知道,这两位朋友,都出生于中国北方乡村,他们一路北上来庄河看我的时候,正是他们因相爱而不能,在心底里苦苦挣扎着的时候。多年之后,他们告诉我这一事实,我长时间沉默不语:只要你心里有一颗自由的种子,你就是一个漂泊者,你终究会被现实的浪潮击打得头破血流。原来,当时的他们,也和萧红一样,在寻找自己野草一样的童年,以慰藉遍体鳞伤的心灵。

2010 年 11 月 18 日

回到零点

——我与《小说选刊》

1986年，我在《鸭绿江》杂志上发表的小说《变调》被转载，才知道在众多原创杂志之外，还有一个《小说选刊》。不经意间闯入《小说选刊》，意义在哪里，当时并不十分清楚。那时我刚刚因为写作改变农民身份，在县城文化馆上班，除了关心每日到来的身处程序和秩序的痛苦，并不失时机把痛苦写出来，寄到《海燕》或《鸭绿江》发表，对远方和更远方还有什么杂志，对发表在什么样的杂志上将更有影响，并不知道。那时候，似乎只要作品得以发表，内心的诉求就得到满足了。可小说被《小说选刊》选载，境况却大不相同，我不但收到了来自省内外读者的来信，省作协开会，还常常会被点名提到。那时候，你落在茫茫乡村县城，突然有读者知道你，又被省作协领导在跟文学有关的会上提到，就仿佛一粒沙子突然变成一颗珍珠，你觉得你身上顿时拥有了某种不一样的光辉。

其实后来相当长一段时间,我又回到一粒沙子。我发表作品的平台突破了地域的疆界,不再局限于《海燕》和《鸭绿江》,在《芒种》《作家》《春风》《上海文学》《北京文学》《青年文学》等杂志都有亮相,《小说选刊》却再也没有转载。从1986年到1997年,这之间有着十一年的时光,我不记得在这十一年里有没有期盼过,有没有因期盼而失望,从而像一个记仇的小孩一样再也不理睬《小说选刊》,反正某一天,当我从庄河调到大连《海燕》杂志社,在杂志社年终聚餐的餐桌上遇见从北京回大连度假的《小说选刊》编辑冯敏老师(后来他做了副主编),当时主持《海燕》的毕馥华主编把几期《海燕》杂志交到冯敏老师手中,我的内心毫无波动。要知道那时候能这么近距离地接触《小说选刊》的编辑,是多么难以想象的事,尤其毕主编交给冯敏老师的《海燕》里,有一期还有我的作品。我内心毫无波动,也许因为刚调大连,需要我"波动"的事情太多,但确实是,某一天,当我的小说《台阶》被《小说选刊》转载时,我大感意外。第一,那小说发在《海燕》三条的位置;第二,这之前没有收到被转载的消息。那篇被冯敏老师称为"从众多小说中打捞出来"的《台阶》,后来还获得了1997年《小说选刊》优秀短篇奖。记得某篇评论文章在提到我时把我说成"文学新人",写作十几年,才刚成为文学新人,感受鼓励的同时,一种意想不到的委屈随之而来。就像一个流落荒野的孩子突然遇到亲人,心想这十几年来你在哪里,你为什么不来寻找我、发现我？确实,好多年来,我都觉得我不是文坛的幸运儿,我的道路太曲折、太漫长,都觉得我是那个被埋没在很深很厚的土层里的种子,要拱出文坛的地面太难。委屈猝不及防,就像后来一次又一次遭遇鼓励的猝不及防——自从《小说选刊》扮演了发掘、发现我的角色,我的写作开始受到关注,《播种》《春天的叙述》《舞者》《歇马山庄的两个女人》《民工》《三生万物》《一树槐香》《致无尽关系》等作品,不但被《小说选刊》转载,还被其他选刊转载,作品的影响范围在扩大。然而,有一个感觉却不期然地发生变化,你并没觉得自己从一粒沙粒变成珍珠,因为这时你又发现,你的身边处处都是珍珠,跻身这耀眼的世界里,你不但不觉得自己耀眼,反而格外感到暗淡无光。这就是我,只有封闭在狭小世界,才会感受到那种来自"内心"的力量、"自我"的能量。当然,这恰恰是我收获的最最重要的东西:当你带着黯淡的感觉回到零点,回到狭小的世界,积蓄于内心的力量和能量才更加丰沛、充足。

　　为此,我永远感激《小说选刊》。

2014 年 9 月 28 日

我心目中的短篇小说

我是一个不大重视写作技巧的写作者,因为最初的写作缘于倾诉,一连好多年我都只为心情而写作。什么时候心里有了疙瘩,就想用文字把那疙瘩解开,小的疙瘩就写短的东西,大的疙瘩就写长一点的东西,根本不知何为小说,何为散文。当然,更不知何为中篇和短篇。后来,随着时间的推移,似乎明白一些小说和散文的区别,可中篇和短篇在我这里,始终是篇幅的区别。于是一些年来,我在书写心中小的疙瘩时,就形成了对好的短篇固定的看法:它仿佛一颗由情绪做成的水珠,你的所有文字只为使它更加饱满、透明。它内里没有血管、神经,却有一股气韵,当这气韵在水珠里往返流动,使其逐渐增大,猝然坠地,碎成八瓣,小说便应运而生。好的短篇成就在水珠坠地那一刻、碎裂那一刻,写的是心情、情绪,打碎之后映现的却是人性光泽,或丑恶,或美好,或是两者之间的迷茫、困惑……总之展开的是深度的生命和生活。可近一两年,随着年龄的增长、阅历的增加,我对短篇小说有了新的认识。它有可能不是一颗水珠,而是一棵竹节上新发的竹叶,你的所有文字只为使它长出一片又一片叶子,它有血管,也有神经,可你根本看不到血管和神经的暗流涌动,一眼望去它摇曳不定,却能够穿越历史和时空,因为它身后有一个强大的主干,它虽然并不清晰,若隐若现,也正因为如此,才在不经意间映现出年轮和岁月,映现出宏大的历史。短篇也能写出宏大的历史,我在美国作家弗兰纳里·奥康纳那里,在加拿大作家艾丽丝·门罗那里获得强有力的启发,或者正是阅读她们,才让我看到好的短篇的另一种可能。

2014 年 9 月 9 日

有心的道路

——《生死十日谈》创作谈

　　不知从哪一天起，我不再喜欢悲剧，不但不喜欢生活里的悲剧，连艺术里的悲剧也要躲避，电影《2012》《唐山大地震》《南京！南京！》，宣传得再好都坚决不看。如果身边人的悲剧不得不面对，那么也尽量让自己麻木，不去用心体会。这似乎是年龄赋予的和平演变，希望自己成为快乐的阳光的没心没肺的人，哪怕因此而影响了创作——把生活看得比创作更重要，这真是一场不期然的革命，这在之前的我简直无法想象。

　　然而，它真的就这样悄悄地来了，我不再无病呻吟，不再在快乐的场合出示沉思的表情，不再每天面壁苦思文学，我甚至厌倦了足不出户的面壁苦思以及和文学有关的各种交流，我走出家门，把自己放逐乡村、山野，要么面对无边的野地长久发呆、静伫，要么随意跟随任何个人和团队进入各种现场，我不在意跟谁在一起，只在意是否把心严密包裹，只在意是否快乐——我不想说任何跟文学有关的话,因为文学让人思考,思考就不快乐。我的革命宗旨就是快乐。在初期阶段,可以说成效显著,我像一个没心没肺的傻子,跟家乡一直致力于挖掘拯救民俗民风的朋友四处游窜,跟家乡人大代表队伍像模像样地视察工作,跟农发局各部门布置工作的公务员像模像样地出村进屯亲临现场……直到有一天,我的好朋友——大连医科大学医学心理学教授贾树华,把我带到采访自杀遗族的队伍,我的革命才不得不以失败而告终。

那些自杀的故事,那些自杀遗族的心碎讲述,把一个密封已久的盒子生生打碎,就是这时,痛苦、悲伤、绝望、困顿、迷茫,如一群疯狂的飞鹰,扑棱着黑暗的翅膀,一瞬间罩住眼前的光明,心,也就是这时,在黑暗里生生地疼了。那些故事,在掘掉了我得来不易的快乐之后,直通那根文学的神经,让它一天天敏感起来,蓬勃起来。于是,我不但再也无法躲避痛苦,再也无法躲避文学,且铁志以文学的方式,谈自杀,谈死去的人和活着的人,谈生的艰难、死的悲哀,谈困顿后的绝望、迷茫后的追问……也就是这时,我发现,文学再一次覆盖了我的生活。

事实证明,走一条有心的道路是我的宿命。事实证明,只要你走在有心的道路上,你的写作和人生就无法彻底分开。

有心的道路,无疑会让你体察人类普遍的孤独、恐惧、忧伤和脆弱。当一个死了妻子又失去十五岁女儿的父亲站在你面前诘问苍天:老天你在哪里,你的眼睛看到了吗?我本是帮人家干活拆房,为什么要让一块石头砸断我的脊梁,我断了脊梁再也不能养家,为什么还要让我老婆突然离开? 你让我的老婆离开我,为什么还要让我十五岁的女儿也撒手人世? 站在一旁的你,不由得感到彻骨的苍凉和无助,惶惶然之中,不由得泪水滂沱。在《生死十日谈》里,我触及的是乡村人群因为贫穷、疾病带给他们的灾难,是他们在乡村的城市化进程中的困惑和迷惑,以及他们的自我救赎,可我想说,我要表现的绝不仅仅是他们,我要表现的是所有人的迷惑和困惑,是所有人的自我救赎。因为,只要你走在有心的道路上,你就会发现,困难、苦难如影随形,在这个变革发展的时代,事实上我们每一个人都脱不了干系,我们每个人都走在这自我救赎的道路上,不管是农民还是知识分子,不管是乡下人还是城市人。

有心的道路,拒绝肤浅的歌颂。这并不是说你不喜欢阳光下的清明和欢笑,而是在那一丝阴霾游动在头上的时候,在那欢笑突然停歇的时候,你知道那里发生了什么,你知道生命在那一时刻的战栗和忧伤。文学是时间的历史,更是心灵的历史,是心灵穿越时间的历史,在文学里边,瞬间就是永恒。"温暖叙事"盛赞生活的美好,确实是慰藉心灵的最佳方式,可是这温暖绝不是逃避痛苦和苦难、掩埋罪恶和欲望,把烛光投在阳光正面不是温暖,在文学里,最温暖的烛光应该烛照阳光背面、阴影和黑暗,因为那里的冰川绝不会因你的冷漠而融化,也绝不会因你的无视而消失。在这场深入灾难现场的调查中,我看到那些密封伤口深处的疼痛的受难者多么渴望被捅破,被打开,被理解。打开别人的伤口,需要像外科医生一样的勇气,可是你别无选择,因为你看到了那些战栗和渴望的目光。

有心的道路,拒绝简单。它从单纯的愿望出发,途中的每一个站点一定布满荆棘,复杂一定是所到之处的现实真相。为人生,我们可以最大限度地逃避烦恼,简单地活着,而为文学,绝不可以!在文学里,简单就意味着粗暴,因为"文学是一种生命现象,人的全部奥秘都在其中呈现"。

有心的道路,拒绝过二手生活。这绝不是说必须亲历种种苦难,不是,而是必须永远保有一颗悲悯慈悲的心,因为它通往人性的脆弱、困惑、痛苦、绝望、迷茫,它甚至通往丑恶和残酷,直抵人的存在。人为什么活着?存在的意义是什么?我们为什么要来到这个世界?携一颗同情和慈悲之心上路,各种生命景观注定就在路的两侧,丰富而复杂的人类情感内容注定就在两侧;携一颗同情和慈悲之心上路,穿越脆弱和绝望,抵达的一定是光明和美好,因为脆弱的对面是坚强,绝望的对面是希望,黑暗的对面是阳光灿烂。

有心的道路,必然会处处碰撞,伤痕累累。因为一颗真正的心是自由而狂野的,它既属于此刻又不属于此刻,它从不确定是A还是B,当你觉得它是A时,它站到了B处,当你认定它是B

时,它又跳到了 C 处,它不喜欢拘束和束缚,但这绝不意味着它没有立场,它的真正立场不是静止不动,而是寻找,寻找边界,因为只有边界才会让它碰撞和伤痛,才会在自舔伤口时生发思想和想象。这带有自虐的意味——有心的道路,必定是自虐和受虐的道路,是强有力的挣脱愿望、一次又一次在生命里撞击的道路。可作为一个酷爱艺术的写作者,一次又一次寻找边界、感受边界,是不是创作的真正动力所在? 感受所有有心的人如何在一次又一次的束缚和受虐中萌生挣脱的愿望,是不是创作的真正源泉呢?

"对我而言,唯一的旅程,是走在有心的道路上,任何有心的道路上……"这是美国人类学家卡洛斯·卡斯塔尼达《巫士唐望的教诲》一书中唐望的话,此刻,它正是我的心声。

2013 年 11 月

写在《后上塘书》之后
——《后上塘书》创作谈

2003 年,我走进一座村庄,一座小得在地图上找不到的村庄,那里的房屋、草垛、院墙、猪圈都很熟悉,像我的老家,那里的人们,一经见面便热情洋溢,像我的亲戚、邻居……那个村庄,是我笔下的村庄,叫上塘。那里的人们,是我笔下的人们,叫刘立功、徐兰、鞠文采,他们虽然出自虚构,却是我一直以来的想念。大约还在童年,我就与他们厮守、相伴,到我长大,成为一个写作者,他们从记忆里涌出,在我的小说《上塘书》里生老病死、打发日子。小说里的日子不管过得好与不好,总要结束,就像剧场里的戏剧,戏剧结束了,人物卸妆离去,小说结束了,那里的人物却卸不了妆,他们不但卸不了妆,还一直尾随你,成为你的影子,某一天,他们突然现身,你竟惊出一身热汗。

那是 2009 年春天,从故乡返回大连的途中,一个朋友打来电话,非要我在县城停留一下,介绍我认识一个人。朋友是热爱文学的生意人,他对文学饱有热情的方式除了有限的阅读,就是不断地请文人吃饭,不断地让你认识一个人。而十有八九,他领来的人你不感兴趣。那天中午,他领来的人是一个开矿的老板,这老板刚刚遭遇一场灾难,妻子在家里被害。朋友让我认识,显然不是为了提供写作资源。我们刚刚坐下来,他就指着对方说,你看看他,死了老婆就活不起了,都混到企业家、人大代表了,还这么个熊样!你说至于吗!今儿个没有外人,咱有什么说什么,这老哥在外面早就有相好了,老婆死了等于给她让位儿,可你看他,还不理人家了,动不动就去老婆坟地,一坐就是半天,你说至于吗!你是作家,你开导开导他……

那次饭局只一个小时就结束了。一方面,摊上这种事,开导根本没用,你不是当事者,你无法体会当事者的感受;再说,他一直低头抽烟不肯说话,你即使想开导,也无从下嘴。当然这都不是重要的,重要的是,那天中午,闷闷地看着那张汗津津的国字脸,我的汗也淌了出来。我记得,那是个乍暖还寒的春天,室内的气温也不过十度,可我确实出了汗,因为我发现我认识他,我不但认识他,还知道他叫刘立功,曾经是歇马山庄村长。他当年一夜之间辞掉职务,进城发展,是因发现当小学教师的老婆徐兰跟鞠文采私通,赌一口气;我还知道,他出身卑微,为了改变后代基因,挖空心思追到大户人家的女子,却像一只蚂蚁追到一只蚕豆,不知该怎么办……

71

《上塘书》的写作已经六年了，六年过去，还能在一个场合与那里的人物相遇，不能不说是个奇迹。奇迹是灵感的种子，它降至眼前让我兴奋，竟至于出了汗，可绝不意味着是种子就一定能生根发芽，它需要土壤，需要阳光、雨露和空气。我是说，离开朋友的餐桌，本以为回到家里用不上一年就能写成，可两年都过去了，才写下不到两万字。我似乎只认识他们的过去而不认识他们的现在，我似乎也能想象他们的现在，他们大都离开了上塘，他们的人生激荡在上塘外面的远方，他们的生命连接着乡村城市化的变革，他们被改变身份的欲望唤醒，使尽浑身解数……可是，我的困难在于，我能够在理性层面推理他们的现实遭遇，却给不了他们遭遇现实的物质外壳，具体说是，我不知道刘立功每天住在哪里，他的日常生活是什么样子。写《上塘书》时，他还生活在封闭的上塘，我的想象可以凭借记忆；现在，他从上塘出来了，经历了十几年、二十几年摸爬滚打，他跟家，跟背后的家族、土地，跟身份赋予他的一切是什么样的关系，我触摸不到……虚构的文学需要一个坚实可信的物质外壳，就像巴尔扎克笔下的巴黎，可我看不到我笔下人物吃喝拉撒生活起居的真实场域，他们就像空中飞人，飞速旋转让你眩惑，让你心跳，你却觉得和他们不在同一世界……

　　《上塘书》里的人物睁开了眼睛，活了起来，我却无法让他们走到现实的地面，无法把他们感召到同一世界。眼睁睁看着他们拥堵于笔端,痛苦的我不得不做出一个决定:走出家门,返回乡村现场。

那是整整两年的时光,我把自己放逐乡村,放逐乡野,我没有在第一时间去采访那个餐桌上认识的企业家,因为朋友告诉我,他和那个相好的结婚生了儿子,早就不再痛苦,这结局让我失望。两年时光,我不光结识了从底层打拼出来的各色人等,还在法院的审判庭、信访办的接待室、乡村大地的沟沟汊汊,探到了许许多多来自那里的生命消息,采访倾听了许许多多来自那里的人生故事,有段时间,我还随心理学朋友参与了对农村自杀遗族的调查,写了一部长篇小说《生死十日谈》。我曾在一篇文章里写过:如果不是神经网络里有了一个当代乡村更大更宏阔的图景,如果不是内心被当下乡村深刻的变革冲击,我写不了《生死十日谈》,同样,没有《生死十日谈》的写作,刘立功们依然无法行动。因为在这次自杀调查中,我遇到这样一个人:他立志改变乡村,二十几岁就当上村长,可上世纪 90 年代,他经不住外面的诱惑,和刘立功一样,一夜之间辞掉村长的职务到外面打拼,然后赚了上亿资产,家从乡村迁到县城又迁至大城市。有一天,国家鼓励有钱大户承包土地搞现代农业,他居然又回到乡村,重新竞上村长。可因为土地太吃钱了,因为当了村长,进入了复杂的官场关系,因为老婆绝不跟他下乡,常年两地分居,还因为他后来爱上为他打工的民工的妻子,陷入混乱的伦理关系,不堪重压卧车自杀……《上塘书》里的刘立功和自杀者在这一维度相遇,我的心激动得怦怦直跳——上世纪八九十年代奋斗出来的企业家,到了 2010 年这个历史时期,他们有可能重返乡村承包土地,有可能重新竞选村长,这一现实对我可是太重要了!它不仅照亮我一直以来寻找的乡村人精神还乡这一主题,还将刘立功往返于城乡之间的物质外壳呈现眼前——他在上塘,又不在上塘,他渴望还乡,却无法还乡,灵魂在上塘与上塘外面漂泊,生活场域广阔而虚妄……关键在于,因为有了对社会背景的深入了解,我能在刘立功的生活空间之外,看到人心在变革中的动荡与失控,看到失控灵魂的不安和惊恐、惊恐灵魂对安详安宁的渴求,我还看到那些深陷灾难的人的内心挣扎,以及在挣扎中灵魂的救赎与复活——挣扎、救赎、复活,刘立功迅速站立并行动起来,他的老婆突然被害,他需要报案,需要接受调查,需要向儿女、亲人报丧,需要面对前来哭丧的所有亲人,需要思考把老婆葬到城里还是乡下……在这之前,他如鱼得水、如日中天,他不需要思考跟死亡有关的归宿问题;在此之前,他是农民企业家、人大代表,是人们眼中的成功者。而现在,警车的汽笛就响在家门口,他由成功者一瞬间变成受害者家属,他被从正常生活轨道拉了下来,他的人生不得不倒立在黑暗中……在这倒立的黑暗时光,他是否思考过家的意义、财富的意义,是否看到创造财富留下的斑斑血迹,以及像血迹一样除不掉的原罪?

刘立功开始了行动,我的笔终于不再艰涩,跟着他,我走进他身后的家族,走进他遭遇灾难之后的黑暗瞬间,走进不曾料想的绝望和痛苦,尤其当他已经遇害的老婆不甘沉默,其离魂在死后的十几天里四处游荡时,我的笔不得不在沼泽里深深下陷……吞噬我的,是乡村人对自我身份的迷失和寻找,是他们在寻找中心灵的孤独、脆弱和恐惧,是为摆脱孤独、脆弱和恐惧而呈现出的心灵真相……

2014 年 5 月 17 日

他就在那儿

——《寻找张展》创作谈

《寻找张展》,对我来说算是天外来客。2014年5月,《后上塘书》的写作进入尾声时,出版社的朋友打来电话,说要我写一部关于大学生志愿者的小说,有原型。我听后觉得好笑,我怎么可能去写命题作文?又是我不熟悉的大学生!再说,手头的长篇耗尽心血,四五年内我不打算再写长篇。还好,跟她说了我的想法,她立即表示理解,说因为我写过《生死十日谈》,才想让我写一部非虚构作品。可在结束电话时,不知为什么我跟了一句:"这是一部救赎小说。"结果,就是这句话惹来了麻烦。长篇完成不久,朋友又打来电话,说她对我说的救赎主题非常感兴趣,还是希望我能写。我依然是坚决拒绝,朋友也依然表示理解。然而又过了两个月,在我身心难得放松时,朋友又打来电话,说她已经用我的名字报了选题。这次我有些急了,怎么会这样?没答应,为什么要报选题?不好意思发火,只有说报了选题也不写。还好,朋友还是表示理解，还是同意不写。然而就是这一天，事情有了变化，我和在美国读书的儿子聊起这件事，儿子说了一句让我意外的话：妈妈，如果一件事毫无道理地在后边追着你，就一定有它的道理，或者隐藏了什么秘密，你不妨回过头来看一看，为什么不可以写一下我们90后？

回头看，我找到了那个没有道理的道理，是因为我说出了"救赎"二字。当时脱口而出，是我不认为志愿者是个简单的高尚行为，一个大学生如果高尚到能天长地久地去做一件事，一定有生命遭遇的引领，一定是在遭遇深渊后的本能需求，如同一个落水者攀住石壁。可一个大学生的命运会有怎样的深渊？事实上，在儿子的暗示下，我已经在向一部小说靠近，因为我已经在思考。

2014年11月，与一个记者朋友见面，其间她带来了她的朋友，说她的朋友读过我的小说《致无尽关系》。席间，就剩我们两人的时候，那朋友跟我说，他大学最要好的同学也读过我的《致无尽关系》，可他在法航"447空难"中去世了。我当时惊得头皮发麻，因为我知道他！当年这个小说发表并被转载，我在网上读到一位鞍钢人写的博客，说他在本钢工作的朋友就在法航447飞机上，临行前推荐他读《致无尽关系》。我震惊，一是就像小说里写的，当你发现一个空难去世的人和你有关系，仿佛从某个已故的人身上翻出与你有关的遗物，但重要的是，就在那一瞬，我感到我的生命正在发生一桩奇遇，因为我看到了一个大学生的命运深渊:他父亲遭遇空难,而他,之前好多年一直叛逆父亲……

这就是没有道理的道理,灵感的种子一旦跌落土地,完全由不得你想象。这也是道理背后潜藏着的秘密,我从没想写什么90后,可是当一个深陷命运深渊的大学生尾随一个读过我小说的人向我走来,我不得不迎上去,不得不跟他一起走回他出生、成长的这个年代……

小说写了五个月。这五个月,侄子生病在大连住院,年老的母亲身心衰退,被接到我家里伺候,每天都在亲人病痛的煎熬中,可每天都能写下至少一千字,仿佛一脚踩进储藏着优质矿石的矿脉,欲罢不能。其间倒是经常遇到过不去的坎儿,可是每到这时,又总有奇迹发生。比如,张展父亲空难去世,没有遗体,家人又要与遗体告别,我的想象力就一下子短路,可就在那一天,一位朋友从沈阳来,晚上见面时还带来一个开发区的朋友,听我讲到没有遗体的追悼会不知该如何写,那位朋友立即说:我的一个同事在2002年"5·7空难"中去世,开追悼会时局里给造了一个塑料假人。那个晚上我激动不已,仿佛沈阳的朋友是专门为我而来,又专门为我带来了开发区的朋友。因为当张展的父亲变成塑料假人,荒诞感使张展开始追问:父亲究竟是谁?

——追问父亲是谁,这是张展自我救赎的全新开始。

我一直觉得,张展的形象原本就在那儿,在一块岩石下面,而某种神秘的契机让你来发现他,开掘他。就像我原本没想写这部小说,却有一个朋友在后边始终不渝地追着我。

现在,我不得不说,感谢张展!因为是他引我爬上一个高原,那里虽然空气稀薄,但他让我看到了平素看不到的人生风景。

2016 年 9 月 7 日

辑二

历史与文学

——我经验中的历史变化

　　拿来这个题目,不安了很久,依我的身份和学识,谈历史与文学似有些冒险。我是一个乡村孩子,出生在中国的饥荒年代,而伴随我成长的,又是中国历史文化惨遭破坏的十年,可以说成长中书本的教育先天薄弱,也因此我的历史观受到极大局限,看世界的眼光只能拘泥在一方狭小的天地。我所关注的,只能是心灵的历史、日常的历史、心灵和日常之外"冥冥之中"的历史;我所关注的,只能是身边的现实,是无数经由时光穿梭而成的现实。

　　说起心灵的历史,得追溯到我的童年。我的童年在一个上有奶奶、父母、哥嫂,下有侄子、侄女的四世同堂的大家庭里度过,我的奶奶从封建社会过来,有着严格的封建家长作风,说一不二。母亲温顺贤惠,从不敢大声说话。我有三个哥哥,我三岁时,大哥就娶了大嫂,之后每隔两年娶一个嫂子。在既有奶奶、母亲,又有三个嫂子的大家庭里,我的童年备受压抑。我害怕奶奶的脸色,奶奶爱我,对我并不严厉,但她对母亲严厉,她的脸色常常影响母亲的脸色;我害怕三个嫂子的脸色,在嫂子们眼里,我也只是个孩子,她们并不管我,可她们的脸色常常也会影响母亲的脸色。而我,每当母亲脸色不好,心情就不好,心情一不好,就格外留心奶奶和嫂子们的脸色。我的目光,从没有到达院子以外的世界,父亲在外面干什么,哥哥们在外面干什么,父亲和哥哥之外更远的外面是什么样子,我从不关心。我的心匍匐在一方狭小的空间,深入在母亲的心情里,跟随母亲一会儿高山一会儿大海,没有一刻安宁。

多年以后,我拿起笔开始写作,我的处女作是一篇题为《静坐喜床》的小说。在那篇小说里,我写了一个乡村女子在结婚这天上午的心理活动。她由乡村嫁到小镇,她坐在婆家的喜床上,看着欢喜热闹的人群,看着在热闹的人群里忙碌着的婆婆和新夫,内心一阵阵激荡、慌恐。她不知道未来的一切是什么样子,但她知道她的命运有了一次与从前不同的全新的开始。我在那篇小说里描述了一个女人复杂的心理瞬间。

那个时候,因为家庭遭遇不幸,我十七岁就被迫辍学。在漫长的播种季节,我的身心不堪重负,无比的劳累和压抑,就在夜晚用日记释放自己,在日记里编织自己的梦想。我的梦想仅仅是离开大田,做一次新嫁娘,做一次小镇人家的新嫁娘。因为在当时,在我青春时期的乡村,女子只有结婚这一天才可以不干活,才可以理直气壮地坐在喜床上,看所有人为她忙碌。那篇小说,摘自我的乡村日记,当这篇日记在后来得以发表时,我看到一个乡村青年脱离现实的梦想变成了文字里的历史,看到一个新嫁娘在一个上午的心理瞬间变成了历史。是这时,我才知道,我的童年如何影响了我的创作,那静静流动着的时光在我所不知道的外面谱写着波澜壮阔的大写的历史时,我其实匍匐在母亲以及身边人的心灵里;我关心的历史,其实只是人的心灵的历史。

多年以后的1999年,我写了一部名为《歇马山庄》的长篇小说,在那部小说里,我同样写了新婚女人,只不过这一次还有她的男人、公公、婆婆、小姑子、她的村庄;只不过小说是由新婚之夜开始的,由新婚之夜的一场大火开始,写了一家人以及和这一家人有关的歇马山庄人一年里的生命故事。一个上午,不管一个新婚女人的梦想和现实之间的距离有多大,其心情终归是她人生当中最辉煌、最高蹈的,而不像一年。生活一旦向一年奔去,现实总要现出它原有的模样。当生活在时间的推动下水落石出,现出繁复和琐碎,现出苦难、困惑、迷茫等一应日常的面貌,他们承担和付出的便不仅仅是激荡和慌恐,而是坚韧和忍耐、挣扎和抗争。

如果说心灵的瞬间就是历史,那么这历史便是日常的历史,因为繁复和琐碎在日常中挥之不去。日常,就像一道布满陷阱的壕沟野地,看上去平坦平静,内里却隐藏着无限杀机,可以说是一步一坎儿、险象环生。在我童年的生活中,正是隐在日常中那些起彼伏的脸色，搅扰着母亲的心情以及我的心情。在母亲的日常里，心情总是瞬息万变、跌宕起伏；在我的日常里，常常会发生一个人的战争，那战争不是故事，却比故事更惊心动魄；在我和母亲的日常里，心情就像河流中水的形态，它们不断地冲突着，在不断的冲突中涌动奔流着。是因为它们在我生命中最初的呈现，才有了一个"静坐喜床"的女子在一上午的时间里，从心灵里流淌出一条开阔的生命之河，才有了一对新婚夫妇和他们身边的亲人，因为某些突发事件，在一年的时间里，从心灵里流淌出高山大海、奇峰异石、万丈深渊。实际上，在我这里，所谓历史，就是心灵里河流一样游动着冲突着的物体，或者说，心灵河流一样的游动和冲突，就是历史，就是正在进行着的历史，是日常的历史。

如今，奶奶去世，父亲去世，我也早已因为写作而从乡村走出，来到城里。因为我是母亲唯一的女儿，每年都要把母亲从乡下大哥那里接到城里小住。可是在中国的传统意识里，赡养老人只是儿子的事，跟女儿无关，所以每年母亲只能在我这儿住上几个月。因为愿意在我这里久住而不能久住，每一次，从被接来的那天起，母亲就在一张纸上，用我儿子用短了不再用的铅笔画上一道记号。她不识字，不会写数字，她的记号是一道粗粗的像木棍一样的竖，每过一天她都重重地画上一笔，并且在下午三四点钟，当日光在屋子里退去之后，长长地叹着气，自言自语说：这一天就这么过去了，这一天不又过去了?! 年轻的时候，怎么就想不

86

到会有这一截儿……每次听母亲这么说,我都眼窝发热,母亲在我这里的日子是数着天儿过的,她在我这里的日子不但一天天少去,她在这个世上的日子也在一天天少去。望着她静静站在窗前的背影,我无法知道她的内心经历了怎样的激荡。

近百年前,泰坦尼克号邮轮在大西洋海域遭遇冰山,八十三年之后,一位加拿大导演将它搬上银幕,电影用一个爱情故事做主线,演绎了船上人两小时四十分钟面临死亡的恐怖和奋争。我常想,在母亲看到生命尽头的那一刻,在母亲看到了生命尽头却又不能随心所欲地在女儿家居住的那一刻,是不是也经历了船体遇到冰山之后的恐怖与奋争?

可以说,冰山在生活中无处不在,苦难的时刻不只有暴力和死亡、饥饿和流血。我的童年和少年,虽在农村度过,但因父亲经商,叔叔和大爷都在外边读书做事,家境与农家日子颇有不同,没有过度饥饿,没有过过乡下孩子穷困潦倒、很早就为父母分担生活困苦的日子。可是,很小的时候,我就有了忧患意识,我的忧患从奶奶的脸和嫂子们的脸色出发,走向了无限不确定的方向。一场雨将院墙冲倒,裸露出园子里的菜地,一阵风把草房的苦草掀掉,裸露出黄色的泥巴,或者村中谁家儿女与老人闹分家,邻里之间为一垄地争吵,我都要陷入长久的不安和恐惧。要从这样的不安和恐惧中超拔出来,没有人知道我经历了什么。

每一次,其实都需付出船体遇到冰山之后所需付出的意志和忍耐。

意志和忍耐，展示的是生命的过程，是心理斗争的过程。在人的意志力里边，在人的忍耐力里边，甚至在人的恐惧和慌乱里边，有一个清晰的彩色胶卷，它珍印着变幻莫测的心路历程，就像电影《泰坦尼克号》所展示的，在轮船遇险那一刻，船上人各不相同的行为镜头、心路历程。它们在外在的气质上，远没有冰山沉船那么惊心动魄，可在内里，一点都不比冰山沉船的场景逊色。它们不是大写的历史，却是人的生命的历史，是人性的历史，因为人总有坚持不住的时候、忍耐不到彼岸的时候，在那样的特殊关头，人性丑陋的部分、虚弱的部分会得到充分的暴露和展现，而正是人性的丑陋、虚弱甚或美丽，结构着事物的转机，改变着大写的历史。

转机改变着历史，历史在转机中得以发展、延续。一个决策者的瞬间心理波动可以使事物发生突变，而事物的突变又会导致身处事物之中的人的心理波动。近百年前，那个泰坦尼克号的船长如果不是过于信赖船体的坚固，就不会忽视警报，让船遭遇冰山，如果船不遭遇冰山，船上的人就没有面临死亡的挣扎，他们的生命就该是另一种样子了。然而，造成一个人生命的转机，除了一切内在外在因素，还有一个重要因素，那便是"冥冥之中"。

冥冥之中，它是深藏在心灵之外、日常之外的又一个历史，是第三维度的历史。在我生长的那个乡村，神秘无所不在，如影随形。一个日子过得蒸蒸日上的家庭，毫无缘由地就会遭遇一场大火，一夜之间，一家人的幸福生活就被烧成满目焦土，而这个纵火者并非蓄谋，仅仅是突发奇想的发泄。一切事物的发展变化，似乎都在一个神秘的时刻悄悄酿成，或者说都在一个悄悄的时刻神秘地酿成。一片树叶从树上掉下来，它不知道会落到哪里去，一场疾雨，一阵流风，都会改变它的行程。可是，又是谁扮演了疾雨和流风？如果疾雨和流风在那样的时刻改变、影响了树叶的行程，那么有没有另外一种东西在改变、影响着疾雨和流风的行程？

在我刚刚开始写作的时候，从没用心想过历史这个词跟文学的关系，我在初中以前的课本中读到的那一点历史，也从没在我的脱离现实的梦想中扮演过角色。二十岁之后，我自修了大学中文系课程，粗略了解了中国灿烂的民族文化、波澜壮阔的大写的历史，在这大写的历史里边，一代代文人、豪杰留下了卷帙浩繁的不朽典籍，我因此沮丧而又自卑。因为就在这时，我知道那些被后人写到典籍里的中国历史在我童年、少年时期严重缺课，更不用说世界历史。我发誓为自己痛饮恶补，希望自己成为满腹经纶的学者、作家。可是其结果令我更加沮丧和自卑，我根本进不去。那些大写的历史知识一经在书本里出现，就变成了蚊蝇一样的物体，在我眼前飞动，我的身体里好像有一道屏障，天然排斥它们进入，它不但排斥它们进入，还不时地把我的心思牵引到别的地方——屋檐下的鸟去了哪里？母亲苞米地里的草有没有拔完？

身边的现实,总能成为我躲避历史阅读的避难所。

我这个长期营养不良的写作者,就这样满怀着对大写历史的敬畏而被大写的历史残酷拒弃。到后来,我已经不仅仅是沮丧和自卑,而是痛苦,就像患有先天小儿麻痹的患者眼看着健康人欢快地上天入地。然而,是不是正因为先天不足,才使我对"身边的现实"格外地专注呢?是不是正因为我的先天不足,才使我在逃避书本里大写的历史之后,更容易陷入身边人心灵的历史呢?如果是,那么这算不算大写的历史对我的推动和恩赐呢?

不得而知。

所谓身边的现实,其实也是由时间流转做成的现实,时间转瞬即逝,过去了就成为历史。只不过它们不在典籍里,而在我出生、成长的这片土地上,在我触手可及的生活中。我的老家地处黄海北岸,是中国北方一个地图上看不到的村庄,我老家的村庄离小镇只有十里路,而距我家只有十里路的小镇是一个有着一千多年历史的古镇,叫青堆子。我的老家因为地处黄海北岸,很早就与朝鲜以及国内的上海、烟台等"外面世界"有着贸易往来,大量的粮食、土特产、日用品在这里输进输出,使这里的商业自17世纪起就开始繁荣,使这里很早就注入了"外来文明"。镇内建有教堂、剧院、税捐局、商会、学校,商店比比皆是。我现实中的乡村,因为很早就有开放的气象,祖辈们只信奉"外边",凡是外边来的,就是好的,凡是外边的,就是正确的,从不固守什么,似乎"外边"就是他们心中的宗教。我的父亲曾是乡村商人，他从十几岁开始就用自行车载大布和过膝袜子在黄海北岸的城市和小镇做买卖，所以，过膝袜子这个外来的事物给母亲带来的痛苦，在我童年里留下了难忘的印象。因为我的婶子和大娘都是小镇女人，而母亲是乡村女人，奶奶从不把过膝袜子分给母亲。问题是，奶奶不分给母亲，父亲也认为天经地义，也认为只有和外面通着的小镇女人才享有穿过膝袜子的权利。于是，在一直都没有穿上过膝袜子的母亲向我讲述她的委屈的夜晚，穿在四婶腿上的过膝袜子就放电影一样晃在我的眼前。

这就是我所生活的乡村的现实，它既是现实，又是历史，它是历史，却不是书本里的历史，它经历了时间的穿梭、过滤和积淀，成了我身边的现实。如果没有小镇曾经的开放、繁荣，就没有我祖辈和故乡人崇尚"外边"的性格特征，而如果没有小镇这一特殊地域积淀在这一带人身上的性格特征，就没有我后来的创作。它从祖辈、父辈的血液流淌到我的血液，是我源远流长的历史，它从一代代故乡人身上流淌到如今，是我身边无所不在的现实。

然而，这个现实并不是一成不变的，母亲想拥有一双过膝袜子的梦想，在我青春时期的上世纪80年代已经不复存在。改革开放将城乡的围城打开，城里的物资大量流向乡村，乡村人大量涌到城里，陈腐的观念再也阻挡不住一双便宜的过膝袜子。同样，因为改革开放，城乡的围城打开，做小镇女人再也不是我的梦想,几乎所有乡村女子的梦都伸到了小镇外面的大城市里,到上世纪 90 年代,它已经不是梦,而是唾手可得的现实。问题可能就发生在这里,当小镇再也无法寄托乡下人的梦想,它便一天天荒凉下来,寂寞下来,当它一天天荒凉和寂寞,像一个遭人厌恶的孩子被丢在时代的一隅,我故乡的土地也随之荒凉下来,寂寞下来,乡村的世界,几乎就是女人及老弱病残者的世界,因为强壮的男人、青春的女子纷纷进了城,到城里见世面挣大钱去了。

凡是外面来的,都是好的,凡是外面的,都是正确的,在这一点上,如今的乡村和父辈所生活的乡村没什么两样。可经历时光的推移,时代的变迁,有一个情景发生了变化:在父亲时代,外面的东西再好,只搅动人的心情,从来伤害不了人们对土地的感情,土地作为乡下人的家园,是结实而牢固的。而现在,那外面的好,不但搅动了乡下人的心情,还伤害了人们对土地的感情,当在城里打工一年的工钱超过了好几年种地的收入,那由土地做成的家园便怎么都无法存在了。

乡下人纷纷涌到城市,可是城市并没成为他们心灵栖息的家园,城市在接纳他们廉价劳动力的同时,排斥着他们身心占领的需求,当他们的肉身在城乡之间往返,他们的心灵,只有在城乡之间流浪。

我所经验的现实是,我身边的乡下人和世界上所有人一样,一直在冲突中寻找跟这个世界关系的入口。他们还在乡下时,还是一棵散漫的野草时,以为他们的生活在外面,在那个文明的、秩序的、在他们看来与国家这个强大肌体的主流血管水乳交融的外面;或者以为,他们只要进入那个文明的、秩序的世界,他们的生活就能得到改变,如我的大娘和四婶一样可以理直气壮地拥有一双过膝袜子。而现实是,那个文明和秩序的世界并不像想象那样,它排斥散漫,即使有朝一日他们通过几代人的努力,拥有了过膝袜子,进入了秩序的世界,进入了国家的主流血管,又会发现:那个散漫的野草的生活,原来是最自然最自由的生活,是文明、秩序的世界的"外面",是人和这个世界关系的最好入口。然而问题的关键在于,他们和世界上所有人一样,根本没有回头之路,即使他们的肉身回头,他们的精神也无法回头,他们必须在现有的状态下寻找新的入口。

这是一个巨大的悲剧,悲就悲在他们即使一代代寻找下去,也找不到和这世界关系真正的入口,因为那入口一经找到,就又跳到了远处。而这又是一个巨大的喜剧,喜就喜在他们总是能够远远地望到入口,于是他们只有一代又一代地寻找下去,他们的精神,只有在寻找中获得安宁。

我所经验的现实是,城市文明的不断发展、变化,给乡下人带来了无穷尽的梦想与现实之间的困扰、困惑。实际上,梦想与现实,既是乡下人的困惑,也是城里人的困惑,它其实是人类共同面临的精神困境。不断地在人的精神困境中探索生存的奥秘、人性的奥秘,揭示人性困惑和迷茫的历史,是我创作永远的动力所在。

2008 年 4 月 22 日

(本文系在第一届中日韩文学论坛上的演讲)

在街与道的远方

——乡土文学的发展

今天论坛的题目是"乡土文学的发展",这个题目很大,没有边界,以我的身份和学识,要说透它显然没有可能。在中国,乡土文学这个提法,最早始于鲁迅。所谓乡土,指的是乡村和土地,是生活在乡村和土地上的人们。在现代中国,乡村有封闭的意思,作为文明世界对立的一面,它们的基本形态是凝固不动、愚昧落后的,土地是诗意的空间,它们与星月、河流、草丛、树木厮守,与苍茫的天际、寂寥的原野呼应,它们的基本格调是淳朴憨拙、深沉浪漫的。一个村落,十几户几十户人家,人们依托土地生死相守、世代繁衍,庄稼的长势养育着他们的理想,季节的变幻滋生着他们的希望。中国现代乡土文学的精神内核,大多表现为对愚昧落后的乡村中麻木心灵的观照和揭示,比如鲁迅的作品;表现为对人在土地上忍耐、挣扎中乐观精神的诗意表达,比如沈从文、张炜的作品;表现为对人在苦熬中生成的坚强意志的塑造,比如莫言的作品;表现为对人在苦熬中对外面世界向往的抒写,比如铁凝的作品。

　　我就是一个从乡村和土地走出来的写作者。我的出生地是中国北方一个在地图上看不到的小小的村庄,这个地处黄海北岸的小小村庄,有三十几户人家,分前街、后街、东山街、粉房街。街上人家,每一户都有自己的院子、耳房、泥墙和草垛,每一户都有自己的鸡窝、鸭窝、猪圈和蓄棚,它们围绕着作为主体的房子,就成了所谓的家。我出生的那个村庄,前边有一片大田,大田中央有两道河流,后边有一片连绵起伏的山谷,山谷当中,有一条窄窄的通着邻村、通向海边小镇的乡道,那乡道在小镇上与国道相遇,便通向县城和县城外面更遥远的世界。我的有关故乡故土的故事,也就在这门里门外、院里院外、田间地头、村里村外发生和流转。母亲一不小心把别人家的鸭子圈进自家鸭窝里,第二天被那丢鸭子的人家发现,一场有关鸭子的战争就在院外的街道上爆发。那丢鸭子的人家,本该想到是母亲赶错了,可我的哥哥曾在河套玩耍时被他家儿子不小心弄伤过脸,有意报复的嫌疑就成了战争的焦点。问题是,虽认为是报复,对方却绝不说出来,只一口咬定母亲偷了鸭子,因为只有这个"偷"字才能真正报复母亲。结果是,乡村太寂寞了,终于有了一场战争。街上围满了乡亲,母亲丢不起这个脸,便只有一边辩解一边发誓:老天在上,俺要是有意偷鸭子,叫俺秋天地里颗粒无收。

要不是生活太贫瘠,一只鸭子有可能成为一家人的经济、精神支柱,要不是村庄太封闭,谁弄伤了谁这样的小事还会被清楚地记着,要不是日子太清冷寂寞,两家人吵嘴会被渲染成满街风雨,母亲就说不出那样的话,而那话的代价,是母亲需要用一夜夜的苦熬来等待土地里的收成。

　　再比如父亲,在我童年的记忆里,父亲最盼望的事情是晚饭后有哨声,只要有哨声,就证明生产队里要开大会,那时正是"文革"时期,开会的内容是学习毛泽东思想。我曾在父亲怀里感受过无数次那样的会,全村的人都聚在一起,在一盏马蹄灯下听一个人读报纸,听上边的人在喇叭里讲话。为此,每到晚上,我都跑到房屋后的小道上,伸长了耳朵等待哨声响起,只要哨声响起,就疯了一样向父亲跑去。父亲愿意开会,是村里尽人皆知的事,父亲听了会,第二天一定要到不开会的女人们那里讲,那和母亲一样不识字也没走出村庄的女人们,心里装的是过日子的细枝末节,根本不听,一见父亲老远就躲起来。为了吸引听众,父亲见了女人往往先说人家好话,夸人家性格好,不像谁家的媳妇野泼。可隔墙有耳,人家的媳妇就在门口草垛边,于是一场战争也就在所难免了。虽然结果总是母亲出面,以对父亲的谩骂宣告结束,可父亲的伤痕深深结在我的心里。因为此后的父亲许多天都躲在山上的大田,在那里一待就是一天。

　　如果不是乡村的街道从山谷里通着外面,如果不是它通着外面却还依然改变不了封闭的气象,父亲绝不会引来一场无谓的战争。乡村没有大事,一只鸭子,一句话,一个会,就是大事。因为天高地远、日月漫长,因为人居散落、孤独寂寞,也因为物资短缺、精神匮乏,一只鸭子、一句话或一个会就是乡下人精神中的形而上,因为正是它们,生成了乡下人在日子中的坚强和意志,正是它们,铸就了乡下人过日子的勇气和信念。

多年之后,我读到美国作家福克纳的小说,在《献给艾米莉的一朵玫瑰花》里,一个建筑公司里的黑人工头,打开杰弗生小镇上艾米莉小姐家的家门不久,就唤醒了一直生活在过去时代的女子的生命。礼拜天下午,村里人看到她和黑人工头一齐驾着轻便马车出游,以致造成了这个女人的悲剧结局。我读到英国作家托马斯·哈代的小说,在《德伯家的苔丝》里,苔丝只是一个农村姑娘,若不是家庭的贫穷和社会的歧视,她原可以跟别的农村姑娘一样,平平安安过一辈子纯朴的劳动生活,可多嘴的牧师从外面带来了有关她的贵族家庭历史的消息,让她的父亲多喝了几杯,父亲不能按时到卡斯特桥送货,苔丝只有带着弟弟去了,这才闯下大祸,从此开始了她命运的悲剧。我还读到了意大利作家卡尔洛·斯戈隆的小说,在《阿纳泰的贝壳》里,有一个叫阿纳泰的老人,因为热爱自由落草为寇,被判三十年苦役,在那个荒凉的西伯利亚小木屋里,他用一只贝壳团结了一群在死亡陷阱中修铁路的民工。那只贝壳从一个印度人手里传到了西藏人手里,又从西藏人手里传到蒙古人手里,最后传到阿纳泰手里,这些贝壳的拥有者,除第一个人以外,没有任何人见到过大海,于是在那个与世隔绝的小村庄里,大家凭一种对外面世界的想象来从贝壳中吸取活下去的力量。

现在,一个世纪过去了,在美国,在英国,在意大利,乡土有了怎样的改变,一句传言还能不能搅起一场命运旋风,靠着一种对外面世界的想象是否还能很好地活下去? 我无法知道。我只知道,在我能够自觉地书写我的乡土的时候,在我那来自封闭世界的母亲的故事、父亲的故事,以及与他们有关的那个院子、那个街道、那个村庄、那个山谷小道,在我的笔下伸展开来的时候,人跟土地的关系一直是结实的、牢固的。土地一直是乡下人不曾改变的物质家园和精神家园。母亲用以向邻居证明的是地里的收成,父亲用以疗伤的是辽阔的大田。母亲指望的那一年的收成也许并不是很好,可正因为如此,她的憧憬才有了悲剧的意味;父亲在大田里获得了什么我无法知道,可正因为不知道,对那个世界的猜想和想象才有了诗意的色彩。

然而这一切,到了上世纪 80 年代,发生了翻天覆地的变化。上世纪 80 年代,这是一个令中国人振聋发聩的时间点,这一刻,我们身边的现实开始了必然的却是意想不到的断裂,因为这时,中国经历了举世瞩目的改革开放。国门向全世界打开,城乡之间的围城打开,城里的大量物资、信息涌到乡下,电视普及,国家的事、世界的事如同身边的事,封闭的乡村不再封闭,一个在城里饭店当三陪的女子烫着卷发走回村庄,令一个一直固守传统的母亲一夜无眠之后会做出完全违背自己意愿的选择;一个强壮男人进城打工挣回了超过种粮十倍的工钱,那些一直留守土地的农民便不得不抛妻舍子背井离乡。外面的风势不可当地灌进来,它们通过电视、手机和电话,通过出去念书的学生、出去打工的民工,吹拂在大街小巷每一个屋门口草垛上,掀动了田间地头每一棵野草和庄稼,那古老村庄固有的民风民俗、道德伦理、宗法制度、价值观人生观便在劫难逃受到冲击。这冲击首先是:一只鸭子夜里去了哪里根本不会有人在意,因为他们的眼球早就被别人家烫了头从城里回来的女子吸引;要不要把开会听来的事情告诉女人们已不再要紧,因为来自上边和外面的声音早就在电视上如雷贯耳。而如果像母亲那样真的因为一只鸭子受到冤枉,她指望证明的绝不是地里的收成,而是儿子或女儿从城里挣回多少钱。如果像父亲那样因为急于传播而遭到母亲谩骂,也绝不会去身边的大田,而是一气之下背井离乡。

乡下人纷纷涌到城市,土地一天天荒芜下来,乡村一日日寂寞下来,千百年来坚不可摧的乡下人对土地的感情开始动摇并迅速淡漠,土地作为乡下人的精神、物质家园已经不复存在,这就是今天中国的社会现实。乡土社会向城市的转型,使乡土文学的精神内核发生了质的裂变。这裂变是苦熬、挣扎和忍耐,再也不是跟土地紧密相连的事情,土地不过是人们远离它之后一丝遥远的牵挂和思念,而新的苦熬、挣扎和忍耐表现为:乡下人纷纷涌到城市,城市并没成为他们心灵栖息的家园,城市在接纳他们廉价劳动力的同时,排斥着他们身心占领的需求,当他们的肉身在城乡之间往返,他们的心灵只有在城乡之间流浪。他们背后土地上的女人、老人和孩子,则因为长期的分离而再也找不到厮守的快乐。

在"全球化"浪潮袭击下,中国的乡土社会发生了深刻的变化和转型,如果说传统的乡村生活是人和土地的坚守,是家庭宗族的厮守,那么现在的乡村生活则是人对土地的背叛,是家庭宗族的溃散。在乡村几乎成了"空巢"、源源不断的"民工潮"改变着城乡格局的现实中,乡土文学的格局也在发生变化,如何顺应变化,关注这变化中的主体——人,守住独属于"本乡本土"的灵魂,是我和我同时代中国作家共同面临的考验。在我看来,世界发生变化,文学必须做出相应的反应,而不管世界如何变化,作为文学,有一点必须坚守,那就是对人的精神困境的探索,对人的生存奥秘、人性奥秘的探索,因为揭示人性困惑和迷茫的历史,是作家永远的职责。

2009 年 9 月 26 日

(本文系在第一届中美文学论坛上的演讲)

让自由心灵穿越疆界

　　去年夏天和今年夏天，我在我的老家护理母亲。她是 1918 年生人，今年已经九十七岁，她一辈子没有住过医院，没有得过重大疾病，身心却在岁月中不知不觉衰竭。她身心衰竭的最明显征兆，是某个早上醒来，不能直着腰板走路，不认识家人。她一辈子生了十个孩子，只活了四个，我是最小的一个，是她唯一的女儿，她却常常看着我，叫不出我的名字。更多的时候，她不愿意吃饭，不愿意说话，可偶尔又能正常地吃上两口，偶尔又能对着窗外慢条斯理和家人说上一通。母亲对着的窗外，是黄海北岸的一条国道，她能清楚看到窗外川流不息的车流，马路对面的羊汤馆、超市、猪肉店以及在这里歇脚的人。母亲对着窗外说话，主要是因为这些人。在她眼中，这些人不是我们看到的来小镇进行买卖交易的乡下过客，而是她早已去世的父亲、弟弟，是我已经去世的父亲、姐姐。她常常看着来猪肉店买肉的人，愁苦地对我说："他们为什么不来看我,他们在那儿停一会儿就走了,为什么不来领我走啊!我太苦了,我爹爹叫于天平,他怎么能把我扔在这儿就不管了?"说着说着就哭泣起来。很显然,母亲的记忆已经回到过去,她的思维已经被强大的过去占领。可是我这么说,大嫂坚决反对,大嫂说,母亲现在是半仙半人,她已经走在去往那个世界的路上,所以看到的都是那个世界的人。大嫂之所以这么说,是因为她的妹妹是大仙儿(巫师),就住在大嫂隔壁,大嫂和大哥携母亲从乡下搬到小镇后,也帮妹妹搬了过来,大嫂传达的,是她妹妹对母亲这一生命现象的解释。我离开乡村多年,自以为已经从愚昧落后的意识中脱身,可不知为什么,对大嫂的说法,我由将信将疑到坚信不疑,因为当母亲说到"我这么苦,他们为什么不把我接走"时,她哭得特别伤心。要知道,母亲已经好多年不曾哭过,尤其晚年,她的脸上从来都挂着慈祥的微笑,似乎除了知足,已经没有别的感情了,我的一个侄子前年心脏病猝死,告诉她后她平静泰然,好像什么事情都不曾发生。

　　相信母亲已经看到了另一个世界,在陪护她的日子里,我便每天都和她一样朝窗外看,去想象那些穿梭在超市和肉店的乡下人哪个是我的外祖父、我的舅舅,哪个是我的父亲、我的姐姐。对外祖父、舅舅和父亲我都有记忆,六岁就离世的姐姐却未曾谋面,正是因为她的离去,母亲才又生了我。因而,凡是大高个儿的男人,我都觉得就是我父亲,凡是小矮个儿的老头,我都觉得就是我外祖父,凡是细瘦腰身的青年我都觉得是我的舅舅,凡是牵着大人手的胖女孩,我都觉得是我的姐姐——据母亲讲,姐姐胖胖的,漂亮又可爱。如此一来,我走进了一个魔幻世界,我看到母亲那些"亲人"对母亲的冷漠,他们相互窃窃私语,却总也不理母亲,他们有的钻到超市屋子里很长时间也不出来,有的行色匆匆,进去就出来了,可是连头都不抬。尤其那些可爱的胖女孩,她们被父母从摩托车上抱下来,在肉店门口待不上几分钟,就又被抱上摩托车突突突载走了。于是,在体会了母亲痛苦的同时,我获得了另一个现实,那个现实也曾是墨西哥魔幻现实主义先驱——胡安·鲁尔福曾经获得的现实:一个死去的土霸王的儿子在回到故乡的日子里,听到已故母亲的话语,听到那些难入天堂的冤魂对他父亲巧取豪夺、无恶不作的控诉。只不过,胡安·鲁尔福的现实是,他的创造在小说里已经获得了不朽的现实,我的现实是,我在母亲话语的驱动下刚刚亲历的现实。在这个夏天,在故乡母亲的床头,我望着窗外,从扬长而去的外祖父、舅舅和姐姐的冷漠身影中,真实地看到了母亲的亲人们对他们所处时代的控诉。我的外祖父是中国的乡村地主,他虽没有无恶不作,可因为抢占别人的女人,气死了外祖母,最后在"文革"中被打死;我的舅舅因参加发生在中国战场上的抗日战争,战死沙场,离家时只有十七岁;我的姐姐出生在新中国成立后的 50 年代,却因吞了一个小小的鞋扣,在落后的乡村无法医治而活活送命。

……………

一个是中国黄海北部叫青堆子的小镇,一个是墨西哥哈利斯科州叫萨约拉的村镇,我们所处的疆界隔洋隔海,语言不通,地域不同,人性的痛苦、悲伤、绝望、困顿和迷茫没有差异,生命在尊严与屈辱、理想与现实之间的挣扎也没有区别,因为当我看到母亲一辈子默默承受着不断伺机而入的痛苦却从不言说,只在最后的时光望着猪肉店说"我太苦了,他们为什么不来领我走"时,我想到了法国作家帕斯卡·莱内的《花边女工》里那个乡村女子菠默,和她一辈子逆来顺受的母亲。在四十多年前的法国北方乡村,一对终日坐在国道边的母女,因为渴望外面的世界,共同遭遇了命运的不公,可她们从不粗暴地面对这个世界,她们沉默、腼腆、可怜、彬彬有礼,她们嘴角始终挂着一丝慈母般温存的微笑,就像我母亲在晚年时光里的微笑;她们的心田又始终被陌生而遥远的异乡束缚,就像我母亲终日希望她的父亲带她上路。只是我不知道,那束缚母亲的异乡,或者说她内心渴望的异乡,到底是她童年生活过的地方,还是童年时的梦想,抑或是生命最终去往的天堂?

今日文学所面对的生活,差异越来越小,通过作品的翻译和交流,疆域的隔阂越来越模糊,但这并不是我想说的,我想说的是,无论是过去还是现在,真正使文学发挥作用、让异域的人共鸣的,绝不是全球化道路上日益融合和趋同的文化和传统,而是那个人类共同面对的异乡,它或许是童年生活过的场所,或许是终老时要去往的地方,但不管是什么,它都通向一个出口——自由。它根植在每个人的心中,却是人类生活的彼岸,是人类永远的梦想。只要有它,无论我们的地域文化多么封闭,我们生活的习惯多么根深蒂固,都能打通并穿越。通过它,我在我故乡的青堆子小镇,能够感受到墨西哥萨约拉村镇上那些受恶霸压迫的人的痛苦,感受到法国北部乡村小镇一对母女的忍耐和痛苦;通过它,我还能感受到卡夫卡《变形记》里的格里高尔一夜之后变成甲虫后的惊慌、焦虑和绝望,感受到茨威格《一个陌生女人的来信》里那个陌生女人在生命最后时刻饱蘸痴情写下的对一个作家深沉的爱与奉献。最最重要的是,通过它,我看到了一个个超越地域疆界的自由灵魂。

书写自由灵魂,对所处的时代和人的精神处境保持永远的敏感,是跨越地域疆界的唯一通道,然而这对当今任何一个作家都并非易事,它涉及写作者内心的疆界。对于今日写作,如何在打开心灵疆界,在接受那些变化了的事物时守住内心不变的东西非常重要。全球化时代,互联网改变着人们的生活场域,喧嚣的噪音和珍稀的声音往往存在于同一角落,各种欲望的干扰、诱惑驱之不去,体制、秩序和程序的限制无处不在,躲到世界一隅保持灵魂的清洁或许并不难,难的是既要参与到泥沙俱下的洪流中去,又能从泥沙俱下的洪流中超拔而出。这是一个自由的悖论,因为只有自觉地让自由的身心不那么自由,让心灵突破疆界经受时代辗轧,文学的灵魂才会获得真正的解放;如果相反,就如同把车开到荒无人烟的原野,没有疆界的约束,没有碰撞,最终不但洞察力丧失,对人类苦难的敏感神经也将越来越麻木,从而再也看不到存在的真相。洞察社会,关注人类苦难,是文学创作没有捷径的捷径!

2014年7月6日

（本文系在第三届中法文学论坛上的演讲）

中文写作　异域文学

　　能够有机会在法国这个有着伟大文学传统的国家与同行交流文学，我感到十分荣幸。在进入今天的主题之前，我想在这里讲一个故事。2011 年，我应大连医科大学心理学系朋友邀请，参加农村自杀死亡者和自杀遗族的调查，在那次调查中，我遇到了这样的故事：一个叫姜立修的乡村男人，因为发现老婆跟堂兄有外遇，喝农药自杀。姜立修的老婆，是他在城里打工认识的酒吧女，他告诉对方他在乡下有房子有地，厌倦了漂泊生活的酒吧女便领着她七岁的女儿跟他回到乡下。可事实是，他应得的一间房屋和六分土地因为哥哥赡养父母而被哥哥占有，他不得不借堂哥的房子，把婚结在堂哥家里。没出半年，老婆就和堂哥相爱。堂哥是一个乡村木匠，有手艺，人实在，踏实又能干，虽然家里有个信了邪教、根本不知过日子的老婆，可谁也不相信会因他酿成悲剧。这个悲剧的可悲之处在于，姜立修喝下农药，先后在小镇、县城抢救十五天，眼见好转，却因拿不出医药费而停止治疗转瞬恶化；住院期间陪护在他身边的，没有别人，只有背叛了他的老婆；他抢救无效，必须回家，可他濒临死亡，他的哥哥不接收他，堂哥也不接收他。堂哥是客观上制造悲剧的罪魁祸首，在村里人集体抗议下，堂哥不得不接收他，悲剧便进一步上演：咫尺小屋，三个人，一个是直到生命最后一刻都无法逃脱妒火的可怜男人，一个是被爱和罪恶共同煎熬的可怜女人，一个是在亲情和爱情双重压迫下已经失去道德选择的又一个可怜男人。谁都无法知道，这咫尺屋檐下的最后时光到底发生了什么，我们能知道的真实情节是：姜立修在家里又活了七天，这七天里，他不甘死亡，一次次从炕头上突然爬起，就是难以咽气；为了让他早些告别痛苦，为了让自己早些脱离恐惧，两个罪恶之人居然把姜立修的腿脚捆绑起来，到最后，不得不求助村里的老书记，用传说中辟邪的铧铁压向他的心脏，直至断气。谁都以为，姜立修死后，两个罪恶之人会从此分开，可事实是，刚满七天，他们就正式结婚。自从结婚，女人再也没走出院门，但每逢周五，男人都雷打不动地用摩托车载着女人穿过村庄到外面去，他们去了哪里，没人知道。

两年前，遇到这个故事，给我的写作带来极大挑战，三个痛苦的灵魂在最后时光究竟经历了什么，姜立修为什么一次又一次爬起？两个罪恶之人为什么不出七天就能结婚？他们忏悔过吗？他们的灵魂经历了怎样的深渊和觉醒？我在上有奶奶、父母、哥嫂的乡村大家庭里长大,因为我是母亲唯一的女儿,母亲从不让我离开她的左右,很小的时候,我就习惯在大家庭里察言观色,只要母亲心情不好,我的心情就不好了,我的心蜗囿在一方狭小的空间,从不关心外面的事情。受童年生活影响,描写日常、描写日常生活瞬间的历史,一直是我的最爱,可在此之前,我从未触碰过"忏悔""救赎""灵魂觉醒"这样的精神存在。

事实上,两年前的乡村自杀调查,我遇到了太多这样的故事,我由此不得不重新翻开两部世界名著,卢梭的《忏悔录》和托尔斯泰的《复活》。它们在我的书架上尘封已久。第一次阅读,还是上世纪80年代末,那时我已经因为写作从乡村走出,在文化馆院内光线暗淡的宿舍小屋翻开卢梭的《忏悔录》,我激动不已。我激动,不过是喜欢他那连篇累牍洋洋洒洒的倾诉,他那诉说自己时的澎湃激情,他在开篇不久就告诉读者,上天赋予他父母的种种品德中,他们遗留给他的"只有一颗多情的心"。这颗多情的心是他一生不幸的根源,同时也成就了一个伟大作家。"一颗多情的心",这种表达多么让人不安,我很小时就有了一颗多情的心,关注身边任何一个人的眼色。事实证明,我当时激动,跟忏悔无关,跟卢梭一生遭遇的苦难无关,只跟那句话有关。那句话在激励了我写作野心的同时,让我囫囵吞枣吞下了一部皇皇巨著,从此便把它放在书房一隅。和读《忏悔录》不同,《复活》没有让我激动,读它反而感到自卑、着急、困惑,《复活》的故事太浩繁复杂,让人望尘莫及，那里也有跌宕起伏的心情，可那心情包裹着太厚的外部历史。我当时正值青春期，读它，奔着的是爱情故事，国家、社会、政治、宗教，我不感兴趣，当然最重要的是，因为对宗教一无所知，那使聂赫留朵夫由兽性的人变成精神的人的力量，我无从感知。他既然发现自己爱玛丝洛娃，去为她奔走申冤，陪她去西伯利亚流放，为什么还认为自己是在为她牺牲？既然玛丝洛娃在最后时刻终于爱上聂赫留朵夫，她为什么又弃他而去嫁给西蒙松？因为对许多情节都不能理解，我便对这部伟大作品的真实性产生怀疑，于是也就悄悄把它放到书房一隅。

然而现在，当我遇到那个故事，重新打开这两部著作，我获得的感受完全不同。卢梭吸引我的再也不是多情的心，而是由多情的心做底的把"个人真实面目赤裸裸地揭露在世人面前"的忏悔。当"忏悔"这个词再次出现在我眼前，我的心莫名其妙地怦怦直跳，仿佛那是一个隐秘的跟我个人有关的世界，仿佛那个可怕的改变一切的力量正在那儿等待着我。而我阅读的全部动力，都来自于对这神奇力量的好奇和渴望，也正是因此，"恶意中伤""恐惧""残疾""连绵的天灾"这些描绘具体情景的词便不再是词，而是一块块沉重的石头，它在将我一次又一次压向深渊的同时，让我一次又一次看到灵魂的真实影像。神奇的力量并不来自上升而来自下沉，来自你在下沉中看到的痛苦、绝望和罪恶，这一点对我特别重要。同样，当我再一次打开托翁的《复活》，我再也没有了自卑,这并不是说我已经在二十多年之后也能编织浩繁的故事,也不是随着年龄增长对包裹在爱情故事之外的国家、社会、政治和宗教生出兴趣,而是当我懂得关注"救赎"这个精神存在,我不自觉地就走进了发生"灵魂的扫除"这类心理活动的微妙瞬间,因此不但不再着急,也甘愿把心深扎到托翁笔下博大深广的人性世界。虽然我对宗教依然一知半解,可当某一天,聂赫留朵夫瞧着被月光照亮的花园和房顶,瞧着杨树的阴影,吸进清爽新鲜的空气,情不自禁地欢呼"多么好哇!"我对他灵魂所起的变化深信不疑。当某一天,聂赫留朵夫面对玛丝洛娃和医生恋爱的传闻,克制了厌恶之情之后,心里产生了单纯的怜惜和感动,我对这样的情感心领神会。同样,当某一天,深爱着聂赫留朵夫的玛丝洛娃在听到对方愿意跟她结婚的表白后,"脸上流露出古怪的、斜睨的目光和凄凉的笑容",我深深懂得这艰难选择背后的救赎意味。

到底发生了什么? 同样还是我,为什么我的阅读感受会有如此的改变,难道仅仅因为阅读态度有了改变? 可我的阅读态度为什么会有改变? 难道仅仅因为我从昔日的二十几岁长到了如今的五十几岁? 可如果风调雨顺,十年和二十年又有多大区别? 经历,我想说,只有经历和年龄无关,而和深度的生命体验有关,和你是否在极端境遇下体会过灵魂的觉醒和站立有关。如果说伟大的作品是一条浩瀚的河流,那么你携什么样的生命体踏入河流,就会有什么样的风景呈现。也就是说,两年前,我之所以能走进那些灾难故事,绝不是偶然所为,我之所以能够因故事重返两条伟大的河流,绝对是个体生命的隐秘需求。因此,再度推开关闭着三个人的小屋,我看到的情景是这样的:深受毒药折磨的姜立修一次次从末日里爬起,绝不是为了声讨和恐吓,他只是想告诉他们,他不想死,只要不让他死,他就会远走高飞,让他们永远在一起。而经历了与死亡、恐惧的殊死搏斗,承受了道德良知的折磨与重压的罪恶之人,之所以打发了死者不到七天就办理结婚,是因为他们发现,分开才是对罪恶的逃避,首先,他们需要给孩子们一个完整的家,其次,他们需要每一天都能接受罪恶的审判,从而使灵魂得到清洗。为此,他们虽然住在同一屋檐下,人却再也没有走到一起。他们每逢周五出村,是去了离村庄十几里外的一个教堂。

当然,我深知,不管是什么原因打开这扇门,我们都永远不能穷尽人性的可能,就像不管是什么原因重返伟大的河流,我们都永远不能穷尽河流两岸迷人的风景。在人性面前,在人类伟大的巨著面前,我们必须穷尽一生地去努力。

谢谢大家!

2014年8月28日

(本文系在第三届中法文学论坛上的演讲)

我身边人的救赎

　　非常高兴参加今天的文学论坛,我才疏学浅,又先天营养不良,面对论坛的诸多论题,忐忑又惶恐。作为写作者,需要长期执着于事物内部,执着于直觉,可我又深知,站到事物外部,用理性思维观照现实,也是一个优秀写作者不可或缺的能力。我虽然无论是先天还是后天,都缺乏这样的能力,但此刻,还是想就第一个论题,从个人的内部切入,谈一点自己粗浅的想法,以此与大家进行交流。

　　谈到个人内部,我想跟大家讲一讲这个夏秋之际的经历。就在刚刚过去的两个月前的 9 月 10 日,我九十八岁的老母去世。母亲一生生了十个孩子,只活了四个,我是母亲唯一的女儿,多年来彼此感情之深切可以想见。可在她的弥留之际,我却要去上海参加国际书展,新的长篇小说《后上塘书》由上海文艺出版社出版,书展的活动早早就定下了。那时候母亲已经十几天不再吃饭,只喝少量的椰子粉和冠益乳饮料,可母亲确实等了我,并且一周后我从上海回来,她在几乎不吃不喝的情况下,又奇迹般地和我和家人相伴了十七天。她是一个有福的老人,弥留之际儿孙绕膝,第五代孙都能坐在她的怀里握着她的手了,可我觉得不是她的儿孙们陪伴了她,而是她陪伴了儿孙。因为在她二十多天又加十七天的坚持里,我看到了因她而起的心灵的改变,看到了发生在她生命中过去不曾看到的东西,从而感受到母亲与《后上塘书》的奇妙联系。

那心灵的改变,跟我的堂姐有关。她不是母亲的孩子,却每天都到母亲身边。堂姐是大哥家的常客,当年大哥携母亲把家从乡村搬到小镇,她也把家搬到小镇。她到大哥家串门,是孤独寂寞所致,可正因为常常用串门的方式对抗孤独寂寞,她便掌握了小镇上很多人不知道的信息,传播信息便成了她的使命,也因此,她很早就知道我会在哪一天不得不暂时离开母亲去上海的信息。那是一个让我特别意外的早上,她不到六点就敲开大哥的家门,推门进到我和母亲的房间,一向只坐在床边的她不由分说就跳到床上,手伸到母亲的肩膀底下,突然哽咽着说:"三婶,让惠芬走吧,我来替她,我来赎罪了。"她的话音刚落,我和她就一起痛哭起来。

我哭,一是我不得不离开母亲,我不想在母亲有限的时光里远离她,二是堂姐的话触动了我们情感当中一个巨大的隐秘。那是堂姐亲手酿造的隐秘,它并没有随着时间的推移而被大家遗忘,只不过为了保护她,谁也不曾提起。我在长篇小说《上塘书》里写到过,可因为她从不看书,那隐秘也就只在文字里。如今,母亲的最后时光,我在母亲最后时光的离开,把这隐秘公布出来,她可能没这个准备,但事情就这样发生了。

那个令人悲痛的巨大隐秘是,十年前堂姐的母亲不幸去世,她没能为母亲送终。我父亲排行老三,堂姐的父亲排行老二,我叫她的母亲二娘。二娘去世,堂姐不但没去送终,生病卧床半年多,她就没去看过一眼。堂姐的家就在二娘家西院,一墙之隔,堂姐又是个孝顺女儿,可原因正出在她的孝顺上。她因为孝顺,三天两头回家送吃送穿送药,管娘家的事就容易越位,弟媳妇有做不好的地方就指手画脚,结果,你嫁出去的人了还要回到娘家来当家,弟媳不高兴,两人就吵了起来。吵架时,弟媳不但骂了她,还发狠说,你是好样的,就永远别登我的家门。堂姐是大家庭里长大的孩子,从小到大不会骂人,不会说粗话,受不了弟媳言语的粗鲁伤害,这也正是她看不惯弟媳的地方,她不喜欢弟媳在二娘面前骂咧咧地说话。最终,为了尊严,为了证明自己是好样的,她真就再没登门。做点好吃的,让孩子或丈夫送过去,二娘能动时,两个人还能隔着墙头相互望一眼,二娘不能动了,这近在咫尺的母女,就隔在了天河两岸。二娘去世,全村人都在期待堂姐的脚步,一些老人进门求她,说看在母亲的面子上,你就让让弟媳,可堂姐愣是咬住了这口气。一些年来,家族里人对堂姐义愤填膺时,我一直努力去触摸堂姐在二娘最后时光里的感受,她也许每天都在等待弟媳来说句软话,每天都下决心再等一天,再等一天,只要等到那一天,她就赢了。结果,就把自己逼到了海角天涯。一个孝顺女儿,却不能在母亲病危时环顾床头膝下,堂姐如何吞下这巨大的遗憾和悲痛,十多年来我从没问过。这里边有性格因素,当某种倔强占据理性,感情便悄然退位,但更多的还是缘于乡村空间的狭小,争一口气往往就是捍卫尊严的有力武器,可身为女儿,我知道总有一天她的感情会覆盖理性,包括一己的尊严,但怎么都不曾想到,这一天会因为母亲而到来。

事实上,二娘若是地下有灵,不一定能原谅堂姐。母亲和二娘是妯娌,妯娌是天敌,母亲和二娘虽然从未打骂过,可在我记忆里,她们一直比着。二娘是镇上人,母亲是乡下人,奶奶给二娘和四婶分过膝袜子时,从没有母亲的;母亲性格好,耐心伺候奶奶,在村子里拥有好媳妇的声誉,二娘不甘落后,也要把奶奶接到家里去,结果两年不到,奶奶又回到母亲身边。堂姐在二娘临终时为弟媳的一句话拒不登门,却要在我母亲临终时每天环绕左右,这样的赎罪,在二娘看来,没准儿是帮了倒忙。然而,当我看到,在遗憾和悲痛中煎熬十多年的堂姐,终于可以通过伺候我的母亲来向她的母亲赎罪,我的悲痛里,还是有一丝说不出的喜悦。

赎罪、救赎,这是跟心灵有关的词语,它来自西方,它容易让人想到西方的宗教、举行宗教仪式的教堂,我的堂姐不懂得宗教,也没去过教堂,可她却说出了赎罪这样的话。从上海回来,我确实看到堂姐在泪水浇灌下一天比一天放松、轻盈,然而,在陪伴母亲的十七天里,我不仅看到堂姐获救的现实,我还看到了另一个现实。

那现实不是正在发生的现实,是母亲过去的经历,然而想起母亲曾经的经历,却与现实中堂姐与母亲的厮守有关。在母亲的弥留之际,每当她看着堂姐像亲生女儿一样为她按摩时,就露出奇怪的眼神,仿佛在责备我们为什么要连累外人。母亲把堂姐看成外人,你自然就会想到母亲和堂姐的关系,就会由这种关系想到母亲悲痛的过去。

那悲痛发生在母亲生我之前。我有一个六岁的姐姐,因吞了一只鞋扣,不幸身亡。那时母亲生了许多孩子,只活了三个儿子,好不容易盼来一个女儿,可以想象当时的悲痛。那时乡村医疗落后,不能手术,疼痛的姐姐在炕上爬了三天三夜;那时母亲和二娘住对面屋,二娘却有三个儿子三个女儿,而姐姐的死,又跟二大爷有关,是他在往家挑水时撞倒了姐姐,突然的外力让那只运行到肠管里的鞋扣切断了肠子……母亲在向我讲述这个故事时,从不忘说一句,你二娘那时天天哼小调……悲痛还不够,还要接受人性的挑战……在许多场合,我都说起过母亲痛失姐姐的不幸和接连而来的挑战,可是,我的想法只到挑战为止,从没想过母亲在经历了那样的挑战之后,救赎自己的出口在哪里。

在母亲的弥留之际,想起这个故事,我突然就沉到母亲曾经的现实里,当她唯一的女儿以那样暴烈的方式死亡,她在忍受悲痛之余,是否会想到上苍为什么对她如此不公?是否会由不公想到自己或长辈有没有做过伤天害理的事?因为因果报应,是我们信仰的起点和终点。于是我就想,在我童年的记忆里,母亲一直沉默、忍耐、任劳任怨,这样的形象,除却性格因素,是不是她救赎自己的结果?当她不能像堂姐那样找到一个赎罪的出口,是不是她把一生都当作了一个出口,或者,一次次救起自己又一次次被风霜雪雨覆盖,最终,母亲知道付出、忍耐是生命中须臾不可离开的事情?

母亲后来又生了我,是生了我才抚平了她曾经的创伤和悲痛,可她从没因此而有半点侥幸,永远的谦卑谦让,永远的小心翼翼……

在我以往的认知里,我只把这归结于性格,归结于传统文化的影响,似乎尊崇"生死有命、富贵在天"的命运法则是血液里自带的东西,它自然而然就生成了销蚀苦难和痛苦的力量,而很少想到,人在苦难的深渊里挣扎,没有任何人能逃脱因果报应的追问,只要打开在因与果胁迫下一直下沉的幽暗通道,就有可能看到上升的光辉和希望,看到人对人性超越的可能。

在母亲的弥留之际,当我触及母亲和二娘之间微妙而尖锐的关系,深陷母亲当时的情感深渊时,我再一次真切地发现,救赎、忏悔这有着西方色彩的心灵事物,也从来都是中国人的心灵事物,只是它不发生在教堂,不需要借助仪式,它发生在我们漫长的生活中,它的救,由赎开始,而赎,不是一时一事的祈祷和忏悔,而是永不停歇地付诸行动,它伴随着人的一生,直到最后的终点。就像母亲在她人生的终点,她的目光从未有过的安详,她的表情从未有过的幸福,她的容颜从未有过的漂亮、美丽……

巨大的社会变革,为我们身边的现实带来了深刻的改变,在我母亲居住的楼房的对面,有猪肉店、羊汤馆,有洗浴中心、饭店,乡村人纷纷涌进小镇,涌进城市,可每天看着来来往往的人群,我知道有一样东西从不曾改变过,那就是人的自我救赎,因为苦难从未因为文明和进步就远离人的生活,就像堂姐并没因为离开乡村、离开她的弟媳而轻松自在,就像母亲并没因为有了我而放弃对她自身的约束……

这就是我刚刚经历的现实,当救赎这样的心灵事物通过堂姐和母亲来到我的生活中,我的经验里,又有了另一个维度。事实上,也是自从 2011 年有过一场关于乡村自杀的调查,这样的经验就来到了我的写作中,只是堂姐和母亲又进一步丰富了它,拓展了它。或许,对堂姐的敏感,对母亲的敏感,正来自那场自杀调查的启发。不管怎样,我都感谢我的乡村,我的故土,我的亲人,它们一直是我取之不尽的创作源泉。

2015 年 11 月 3 日

(本文系在首届博鳌文学论坛上的演讲)

辑三

绕不完的城市与乡村

——与周立民对话

一、我的写作，是心灵历史的一种再现

——关于二十年的创作

周立民（以下简称周）：可能你自己都忽略了，今年5月，你的处女作《静坐喜床》恰好发表二十周年，在这二十年中，你的人生道路发生了巨大的变化，从一个农村青年到一名作家，不论从现实还是从心理上，这里都有着遥远的距离，但这一切似乎都因写作而改变，那么对于你的创作来说，这二十年发生了什么变化呢？我想听一听你自己的看法。

孙惠芬（以下简称孙）：你不提醒，我还真的没去细想，我已经有了二十年的创作年龄。二十年，这并不是一个值得我骄傲的时间，对于那些才华横溢的人来说，无论是创作道路还是现实的生活道路，二十年，足够他们绕地球走上十圈还会有余。而我，也就

是写了那么二百万字的作品，且不见有多大影响，人，也就是从乡村走到城里，也不见得有多么遥远，不足三百公里的长度。然而，二十年，在我的心理上，两端的距离可是太长太长了。我很同意你的"现实"和"心理"这一说法，我想，在心理上，我的道路真的是太长了。城与乡，在别人眼里，也许只有一河之隔、一道之隔，可是它在我眼里、心里却隔了十万八千里，我在城与乡这个距离上循环往复、反反复复、进进出出的情感道路，绕地球二十圈也绰绰有余。我的写作，正是我心理道路的一个记录，是心灵历史的一种再现。处女作《静坐喜床》的发表，在我的创作上，应该算是一个起点，从那时起，我知道个人的情感和情绪可以不必压在心里，它还有另外一种抒发方式。事实上，我最初的创作只是一种自我倾诉，我不知道何为创作，却知道倾诉能使我获得快乐。在这二十年的创作中，若说有变化，那么我认为最大的变化在于，我从一个只知关心个人心灵历史的抒发者，成长为还知道关注别人心灵历史的创作者。

周：从关心个人心灵到关心别人心灵，你为什么特别强调这个转变，是因为你写作的视野不断扩大吗？

孙：是。这转变对我很重要，它让我从不自觉到自觉，让我渐渐清晰了我的创作者的身份。当写作的视野不断扩大，想象的空间也在不断扩大。最初我对自己心灵历史的抒发，更多源于自身的经历和感受，源于生活的真实历史，后来，当需要把笔探进别人的心灵,那种历史则是想象的历史。想象的历史,这对我可是太重要了,它让我获得了想象的自由和快乐。

周:那么,在这一过程中,你认为有哪些作品对个人有着重要意义?

孙:我不知你所说的意义指哪一方面,是从心灵角度,还是从创作角度?1986年,我在《上海文学》和《鸭绿江》上分别发表了小说《小窗絮语》和《变调》,当时算得上有些反响,那是抒发自己最典型的作品,它们在我心灵上十分重要。可是真正改变我创作的并不是它们,而是同时期发表的另外的作品,如《岁岁正阳》《田野一片葱绿》《闪光的十字架》等,它们跟我个人心灵无关,它们让我知道我能够走进别人心灵,让我知道走进别人心灵的创作同样能为自己带来快乐,就是前边提到的那种想象的快乐。这样的作品,在后来的创作中自然越来越多起来,比如《燃烧的云霞》《中南海的女人》《四季》《天高地远》《赢吻》,以及再后来的长篇小说《歇马山庄》,是它们在真正意义上拓宽了我的创作。即使这样,我还是想说出那些对我心灵重要的作品,除了上边提到的两篇,还有《异地风光》《欲望时代》《伤痛故土》《伤痛城市》《舞者》等。

周:四十万字的《歇马山庄》无疑是你很重要的一部作品,作为人民文学出版社重点推出的长篇小说,它给你带来了极大的社会声誉,但我更关注的是这部作品的创作给你的写作带来的启示和转机,因为在我理解,长篇小说的创作是凝聚着作家的心力气力的事情,它绝不像弯腰捡起一样东西那么简单,它就像蛇在蜕皮,给人一种由此再生的感觉。我还记得你曾写过一篇创作谈,题目叫《在迷失中诞生》,那里面你说这部作品的创作跟你个人生活的困惑和迷茫有关,稍微宽泛一点讲,是不是所有的创作都是这样? 我认为你不是一个坐在书房中以文字游戏取乐的人。

孙:你问得很好,这正是我想说的话,我在前边用过"自己心灵"和"别人心灵"这样的词,这其实只是一种主观的说法,事实上,无论你写自己还是写别人,客观上都是自己心灵的产物,都是自己心灵的外化,也就是说,没有哪一种写作是跟创作者心灵无关的。长篇小说《歇马山庄》的写作对我的重要,如你所说,不是声誉上的问题,它使我重新找回了创作着的自我。那是一段今天无法说清的特殊时光,那时我刚来大连,我像一个脱离土地的稻苗悬在空中,完全迷失了自我,我浮躁、焦灼,我的视野很满,却感到很空,我的身边处处可见现实的生活,比如拥挤的人群,轰鸣的车流,喧闹的市声,可是没有哪一种现实能让我在触摸时感到抚慰,就是在这种情况下,童年乡村的现实向我逼近了。乡村的现实一旦向我逼近,便成了搭救我的汪洋海域,我一跃跳到海底,缓解了自己,不再焦灼,不再浮躁,不但如此,我还看到了海底的鱼,看到了海底真实的自我。看到海底的鱼固然重要,但对我而言,看到海底的自我更重要。因为从此,一个真正写作着的我站了起来,我是说,我真正找到了跟这个世界相处的方式和状态。

现在回想,那真的犹如蜕变一般。那时对生活充满恐惧。

周: 走入城市,本来是一种内心的期待,但反而感觉迷失了自我,这也是一个非常有意思的现象。从你的个人生活来讲,这二十年你是越来越远离乡村,但是从你的创作讲,你是越来越逼近它,你怎么解释这种悖反? 我还记得我跟一些人谈你最近出了什么作品时,他们会反问:"怎么又是写农村的?"一些作家随着身份的改变和对都市生活的适应,早已改弦更张写都市了,当然好作品与写什么题材无关,但对你来讲,乡村世界究竟有什么让你魂绕梦牵呢?

孙: 事实确实如此,当我的身体离乡村世界越来越远,心灵反而与乡村世界越来越近了,我身体远离的乡村是一个真实的乡村,有着漫长的春天的寂寞山野,有着艰苦和劳累,而我心灵亲近的乡村是一个虚化的乡村,漫长和寂寞恰恰能够寄托我的怀想,艰苦和劳累也不再可感可知了。最初向外奔,总以为有一个终点,以为有一个地方会搭救你,那个地方是城市,因为只有城市可以脱离土地上的艰辛,后来明白,当你没有了土地上的艰辛,另一种艰辛又在等着你。再后来明白,一个人只要有追求,精神期待的终点是不存在的,它只是一块引狗前行的饼子,一个诱饵,当你到了那样一个地方,它又跳到前边。我在迷失了方向、看不到诱饵时,暂时回到了乡村。我在写作上后来与乡村的亲近,与这样

127

的迷失有关,只为寄托怀想,但那只是一个特殊阶段的事。我是说,一个人出生成长那个地方的气息,会注入你生命的骨髓,让你一生也无法逃离。民工在大街上的一声乡音,火车站进出口一些慌乱的眼神,不经意间就能撞疼了你心的某个部位。是什么让你魂绕梦牵?是血脉,就如母与女的亲情,就如女儿对母亲的牵挂。

周:这与你前面谈到的关注心灵的历史恐怕是一致的,你对乡村世界的把握,不是对它外在特征的把握,比如风物、历史、地理等等,而是对人内心的把握,几乎近于直觉,你的笔锋利无比,直触这些人的心灵。最近看到《歇马山庄的两个女人》和《民工》,我都有这种感觉,它让人放下作品会不住地感叹,是的,是的,那就是他们!对地理的把握,可能因为远离这个地方而感到生疏,乃至遗忘它,而对心灵的把握则会超越时空的限制。

孙:在这部《街与道的宗教》中我已写到,我的童年是在一个有着三个嫂子的大家庭里度过的,为了母亲与三个嫂子之间关系的和睦,我很小就养成了遇事多从别人角度思考的习惯,对别人内心把握的能力,与小时候的这些训练有关。也正因为这种训练,使我这么些年来一直对人的心灵的历史敏感,而对心灵之外的时间的历史没有感觉。凡事有得有失,我因为忽视了时间的历史,使我获得了细致和深刻,而又因为忽视了时间的历史,使我的作品很少有深远的历史感。至于远离乡村这么些年,如何还能走近乡村人的心灵,我想,是缘于想象,缘于血肉相连的想象。想象重要,血肉相连似乎更重要。

其实你从作品中所感到的真,我已不敢说它就是现实的真,那只是我心里想象的现实的真,你其实是上了我的当。

二、你无数次地回来,又无数次地出发
——关于《街与道的宗教》

周:我记得卢梭在写《忏悔录》时曾说:"我现在要做一项既无先例,将来也不会有人仿效的艰巨工作,我要把一个人的真实面目赤裸裸地揭露在世人面前。这个人就是我。"我觉得一个人要真诚地将自己的经历展示出来,是需要相当的勇气和决心的,而且这种自述性的创作又很不好把握分寸,你以写小说为主业,平时连散文都很少写,这次为什么会投入这么大精力来写这样一部作品呢?写作中是否有一些不敢面对的回忆?

孙:在此之前,我还真没有想过会写这样一部自述性作品,应该说我没有半点准备。它的到来纯属偶然,是一家出版社要搞一本作家地理丛书,我是一个很笨的人,从来不能参与命题写作,甚至不能在有稿约等待的状态下写作,可是那位编辑在重申自己创意时的一句话,一下子就点燃了我。他说,我们这套书的内容主要是关于作家的情感地理,就是写与你生命相关的一个地方。

与我生命相关的那个地方,在这一刻,从我内心深处突然跳出来。这时我发现,看上去它是突如其来,其实我已经为这部作

品准备了好多年,可以说,从懂事那天起,我所做的一切,都是在为这部作品做准备,都是在等待这样一次书写。写作之前,我被激情燃烧,根本没有想到这种写作的难度,没有想到分寸的不好把握,更没有想到真诚需要勇气和决心,是在写的时候,是在往昔的真实一点点来到眼前的时候,才知道我给自己出了一个多么大的难题。真正客观地面对自己、面对身边的人,都不是件容易的事。还好,当我走回童年,像童年那样在乡野上疯跑,我就什么都忘了,我忘记了自己在做什么,只是做着。

周:在这部作品中,我特别注意"日子"这个词,在我们老家人的言谈中,"过日子"这样的话出现的频率也特别高,这个词给我的感觉好像浸透了一代代人的血和汗,也有着人们对生活的理解和向往。作品中,你写了你和家族、长辈,我不知道你是怎么看它和他们的日子的?

孙:非常感谢你注意"日子"这个词。你能注意到这个词,我想一定与我俩是同乡且都在辽南乡村长大有关,"过日子"确实是辽南乡村言谈中常常出现的一个词,它表述的是一种现行状态,意为打发日子,其内核却不是这样的。所谓"过",是说人们投注给生活的一种热情,一份自觉。"过"是"寸"字加上"走"字,我小时在乡村,大人一说过日子,我就能想到一寸一寸地过的样子,天高地远,日月漫长,寂寞无边,心血和汗水、希望和向往渗在每一寸时光里,那真是不想用心却不得不用心体会的时光,心无处躲

130

藏,心因为无处躲藏而使日子的滋滋味味无限放大,"日子"也就愈加有了诉说不清的内涵。事实上,无论是城里人还是乡下人,日子都是要一寸一寸过的,可是因为城市人口密集,有市声人声车声的喧扰,那一寸一寸时光便被掩盖了压扁了,不容易被体会而已。

我的家族、长辈的日子和中国所有乡村农民的日子没什么两样,挣扎和抗争是他们日子中永恒的主题,坚韧、忍耐是他们日子中的内在精神。与我从沈从文老先生作品中读到的湘西乡村不同的是,我的乡村少了一些苦中作乐的自得和悲剧生活中对喜剧滋味的把玩;与我在中原作家作品中读到的中国黄土地乡村不同的是,我的乡村少了一些人们对神秘力量的信奉,少了一些宗教的色彩。我的乡村因为地处沿海,很早就有与外面世界的贸易往来,祖辈们只信奉外面,于是,他们的日子里,便要多一些与外面世界无法和谐的痛苦和矛盾。

周:在作品中有一个场景让我久久不忘,就是你站在坟地前思考家族亲人的命运时,说父辈们从山咀子的街和道无数次出发,走向外面的世界,往外奔,一直是父辈们心中的宗教,山咀子每一个人心中的宗教,但他们走得再远,也好像走不出这片土地,要么长眠在这里,要么长念着这里,好像是一种宿命。生命似乎就是一个无法改变的重复,为什么总也走不出先辈的阴影?从"我"的成长中,我好像发现了一些秘密:"我"的每一步成长似乎都需要付出违拗自己的天性、个性的代价，是在一步步对传统的接受与退让中成长的，好像有一种集体无意识在制约着人，生活是怎么样的，人就是怎么样的，哪怕是不满意也"认命"，就是出走的人，也是对现实的逃避而不是反抗。我觉得这与这片土地的文化积淀有关，"认命"当然有对命运的敬畏和无奈，但从另一方面讲，是不是这种哲学造就了这片土地的稳定却也是保守和落后呢？不知你考没考虑过这个问题。

孙：生命的进程是螺旋式的，出发和回归是我的家族祖辈亲人的宿命，但我相信这种"出"和"回"绝不会是一个圆。比如叔叔出去了，叔叔又回来了，而叔叔的后代却留在了城里，生命的从生到死、再从死到生是一次重复，是一个圆，但生命和生命的每一次际遇是不同的。尽管所有的出走都是为了逃避，但要逃避的东西是不一样的，叔叔的出走是为了逃避贫穷和劳累，我的出走也有逃避劳累的成分，但更多的，是有了精神的附加。也许如今我老家的乡亲们仍然有人在为逃避贫穷而出走，但那肯定是另外一种样子，有了比过去更便利的方式。我想，要说有宿命，其实往外奔才是一代又一代乡下人的宿命，它不但是乡下人的宿命，也是人类共同的宿命。因为在精神上，人类永远有困境。我们完全有理由把人类的困境想象成乡村。你无数次地回来，又无数次地出发。

人的天性是自由的，人的本性是渴望自由的，可是人一生下来就有了一个已成定局的规定了，那规定就是让你不再自由。我的

132

成长过程，其实就是对这个不自由的世界的逐渐认识的过程，认识它，适应它，试图改变它。在这样的过程中，肯定有一部分自由的秉性被磨掉了，被改变了，但如果先就把被改变看成一个定数，或者先就看到绝对的自由当作人们的一个梦想，是不存在的，那么可不可以说，我在成长过程中的违拗天性便是为了争取到更大的自由呢？如同在上坡上不去的时候，只有退回几步才会进？

我理解你说的集体无意识的"认命"，是指人们面对命运所表现出的麻木和惰性，在我们老家那个地方，这样的问题确实存在。不知道是不是因为土地太肥沃，无论怎么样都饿不死人的缘故，人们特别容易满足，容易安于现状，人们恰恰因为物质生活不够太落后而缺少反抗精神和竞争意识，从而造成观念上的更加保守和落后。

周：我非常赞同"在精神上，人类永远有困境"的说法，但我想人们不能总是面对同样的困境，我特别担心外界的一切在变化，而我们头脑中的意识却几乎纹丝不动。比如说，父辈们的出走靠的是双脚，而现在我们享用的是现代化的交通工具，父辈们走了一圈又回去了，而我们终于被城市所接纳和认定，但这并不等于我们面对生存、命运的思考和认识已经完全超越了父辈，在很多时候，反而是在不断地重复，而这种重复才是最可怕的。出走的意义和价值当然不容否定，但我认为出走只是一种方式，而不是目的，否则它的意义只是在地理位置上的移动，而不是精神上的前行。

孙:说得是。如果不是在精神上有所超越,出走与回归流于一种简单的重复,确实是很可怕的。

三、小说的热闹,只有热爱它的人才能感受到
——关于读书、写作及其他

周:我想请你谈谈你最早接触的作家和作品,他们对你的创作有影响吗? 你后来最喜欢的作家和作品是哪些?

孙:谈到读书,非常遗憾,不知哪个作家说过,你最早接触的作家会影响你的一生。我在写作时,最早自觉地阅读的文学作品是茅盾的散文,其实后来再阅读时,我并不喜欢他。但当时非常喜欢,尤其喜欢他细腻的情感和忧伤的笔调。我第一次参加县文化馆文学创作学习班时,文化馆的老师看完我的散文说,很细腻,这很好,但调子太低,这不好。我不知道这是不是说我受茅盾的影响。我最初抄写鲁迅作品时抄的是他的杂文《朝花夕拾》,我只抄却不懂。1983 年我接触到沈从文的一本书,爱不释手,整整读了一年,翻来覆去,直到现在我仍然喜欢。可以说,沈从文确实影响了我,他那种在身边事物的细微波动中发现历史波澜的能力,他那种在身边繁杂的生活中发掘哲学思想的能力,尤其他的悲悯情怀,他以一个乡下人的姿态展开的对人生、社会的阅读,他表达中的宁静,宁静中的淡泊,都深深震撼了我,那是我写作成长中第一个让

我震撼的作家,也是第一本让我震撼的书。后来让我震撼的作家和作品自然多起来,他们是萧红、钱锺书、张爱玲、汪曾祺、王安忆、铁凝、史铁生、韩少功、张炜、余华,是艾特玛托夫、塞林格、茨威格、杰克·伦敦、哈代、卡夫卡、马尔克斯、劳伦斯、西格尔、加缪、杜拉斯、福克纳、纳博科夫、斯戈隆等,请原谅我记不住他们全部的名字,我永远记不住他们全部的名字。我不知道他们给我带来多少影响,有一点是肯定的,是他们让我看到了文学的伟大以及伟大文学的神奇魅力。

周:张爱玲和萧红你更喜欢谁?

孙:都喜欢,但可能是地域的原因,萧红更能撞击我的灵魂。

周:是否看过卫慧、棉棉、周洁茹等"七十年代后"女作家的小说,印象怎么样,觉得在感情上是否可以沟通?

孙:没有系统读过,总的印象是,她们相当有才气,尽管我们的道德观念和价值观念、生活方式和表达生活的方式差别很大,但只要用心,沟通起来并不是太困难。

周:你今后的创作有什么打算?

孙:我没有长远的打算,我只想在近一两年里,用中短篇的样式,继续讲述我的"歇马山庄"里的故事。有时候,你正准备写什么,可是另外的什么会不期而至,就像这篇《街与道的宗教》的不期而至,它不由你打算。

周:是否想过,写小说可能一辈子都是一件寂寞的事情,是否有换一种活法的打算？小说又有什么让你迷恋的呢？

孙：在一般人眼里，写小说是寂寞的事情是无疑的，但对喜欢它的人来说就不一样了，在我看来，那些外表热闹的工作反而是寂寞的，是心灵的寂寞。没有什么能像小说这样更让我痴迷的事情了。你没有参与外面的热闹，外面世界的热闹却全装在了心里。小说世界的热闹只有热爱它的人自己能够感受到，那热闹当然是一次又一次对人生命运的探测，是一次又一次精神上的历险。这是我一生的选择，不会改变。

周：我曾遇到一些人，要么把女作家想象成女神，要么是女巫，反正好像就是与普通人不一样，不知道你是怎么看待你的日常生活，包括与家庭与朋友的关系的？

孙：不好意思，我的生活太平常了，平常得有点平庸，我在该结婚的年龄结了婚，该生孩子的时候生了孩子，我性格温和，不会发脾气，我没有杰出艺术家的个性，喜欢平淡、温和的没有大波大澜的生活。我的生活也确实平淡而温和，我的所有波澜都在心里。我非常崇拜那些有个性的女性作家、艺术家，但我知道那个性也是天赋，是上帝赐予的，是学不来的。学不来，也并不为此苦恼，在我心里，最重要的是一辈子都能平静地写作，成为什么对我并不重要。能平静地写作，将是我最大的幸福。

2002 年 3 月 14 日

"我喜欢朴素的力量"

——与姜广平对话

一

姜广平（以下简称姜）：你从 1982 年开始写作，那时正是先锋文学极盛的时期，你对先锋文学持何种看法？

孙惠芬（以下简称孙）：没有看法。我当时根本不知道什么是先锋文学。严格说来，1982 年，我都不知道自己是在写作。这绝不是耸人听闻，那时我刚刚初中毕业，还在农村田里劳动，发表的作品是我的日记，我在一个偶然的机会，看到县文化馆的征稿启事，摘抄的日记。当时在乡下，很少能看到各类杂志。知道马原、余华、格非这些名字和读到他们的作品，还是几年之后的事。

姜：你是从什么样的情况下开始写作的？很多作家开始写作时总会有一个或几个作家作模特儿，你有吗？

孙：我的写作，有点像赌博，我虽然从没有赌过，但我想那情形差不多相似，比如你赢了一分钱，就还想赢，我的日记得以发表，就想一定再写一篇发表，再写一篇得以发表，就还想再写一篇。一篇一篇写下去，就写出一条路。在写作的最初，这条路通着哪儿，根本无从知道，也不可能去想。但是要知道，想一篇一篇往前赌，一直像写日记那样写是不行的，实际上，也是赌的心情，让我不得不开拓自己的阅读。而恰是这开拓出来的阅读，让我的创作意识一点点觉醒，我对自己越来越不满意，这个时候，我开始有意模仿，那是一个没法回避的过程，这个过程对我后来的创作很重要。

姜：你觉得中国哪一位作家最使你产生兴趣，而对外国作家，你最喜欢哪一位？

孙：在我最初写作的时候，对我影响最大的作家是沈从文。那是 1983 年，我在小镇文化站工作时的男朋友——现在的丈夫，从县图书馆弄来一本《沈从文散文选》，那本书，因为遭水淹被图书馆淘汰。以他当时的鉴赏能力，他无论如何不可能知道这部书的艺术价值，但就莫名其妙地被他当成表达感情的信物送到我的手里。我翻开第一章"我所生长的地方"，一下子就被吸引了。一个人，他生长的地方也会写到书本里？也会值得写？再细细读下去，"我的家庭""我读一本小书，同时又读一本大书"……一本小书向我打开，一瞬间，如同打开一片土地。因为它被水淹过，泛了黄,有着土地的颜色,更因为那里边的每一个字,都透着土地的气味,那分明是一片湘西的土地,属"边疆僻地小城",可是当我一页页打开,如同一页页翻过我过去的日子,我身后那片辽南的土地。在此之前,从没有人告诉我,你生长的地方,是可以跳出来回头看的,是可以写到书本里的;从没人告诉我,你的童年,你童年见证的人与事、苦与乐,是有意义的,是可以与别人交流并产生共鸣的。我想,在我遇到沈从文的时候,我的阅读才真正开始,书对我的意义才真正发生。

后来,随着世界向我慢慢地打开,我不但读到许多中国作家的作品,萧红、鲁迅、钱锺书,还读到好多国外作家的作品,这些外国作家是,艾特玛托夫、塞林格、杰克·伦敦、卡夫卡、马尔克斯、劳伦斯、西格尔、加缪、杜拉斯、福克纳、纳博科夫等,但最爱的还是奥地利作家茨威格、英国作家哈代和意大利作家斯戈隆。

姜:你的写作历经的时间比较长了,你个人觉得历经了哪几个阶段?我一度认为你的作品有某种"自传体小说"的特色,到"歇马山庄"系列,你应该已经打破或者超越了原来的自己,实现了某种突破与突围。

孙:从我发表作品那一年起,算一算至今已有二十多年。这并不是一个值得骄傲的时间,对于那些才华横溢的人来说,无论是创作道路还是现实生活道路,二十年,都足够他们绕地球走上十圈还会有余。而我,也就写了二百万字作品,且不见有多大影

139

响,也就是从乡村走到城里,不见得有多么遥远,不足三百公里的长度,然而,二十年,在我的心理上,两端的距离可是太长了。城与乡,在别人眼里,也许只是一河之隔、一道之隔,在我眼里、心里却是隔了十万八千里。我在"城"与"乡"这个距离上循环往复,反反复复、进进出出的感情,绕地球二十圈也绰绰有余。从这个意义上看,我的写作经历了这样两个阶段:第一阶段,由乡村到城市;第二阶段,由城市到乡村。也就是说,我个人的成长历程和心路历程,直接影响了我的创作。我最初写"城乡之间",是因为我对城市充满向往,是城市既被我梦想着,又被我抵御着。而后来却不一样了,当我因写作一步步走进繁华喧嚣的城市,当我人在繁华喧嚣的城市还想着写作,我发现,乡村又变成了我在城市里的梦想,变成了我的怀念。也就是说,当理想变成了身边的现实,那曾经的现实又变成了我的理想。我的身体看上去离乡村世界越来越远了,可是心灵却离乡村世界越来越近了。所不同的是,我身体远离的乡村是一个真实的乡村,贫穷、落后,天高地远,日月漫长;心灵走近的乡村却是一个虚化的乡村,在这个乡村里,贫穷和孤寂助长了我的想象,使我写作的空间在逐渐扩大。

我是说,当城市还是我具体的理想时,我个人的奋斗不可避免地要在我的写作里留下蛛丝马迹;而当乡村变成了我虚妄的怀念,那些关于乡村的想象毫无疑问要比原来深远和宽广。尤其随着外部世界的一层层打开,我笔下的世界也更具较为广阔、深刻

140

和复杂的模样,所谓突破和突围,其实来自个人站立的高度。

姜:在你的写作中,确实动用了太多的生活经验。我的意思是,你的小说大多都是依托于小说之外的自身的现实生活,有时候,我觉得你是一种有意,有意与你的读者玩捉迷藏,让他们无法断定哪一个是真实的你或者你动用了哪一部分真实与多少真实。当然了,这是一种写作智慧。

孙:小说之外自身的现实生活,这说法很好。小说是小说,生活是生活,然而如果现实生活跟写作者没有发生关系,那生活也就无法进入小说。我说的联系,指心灵的体认。人的一生,是不断地把未知变成已知又在已知中迎接未知的过程,而写作,正是对那些不可预知的人生的探寻。这种探寻,需要不同的角度和侧面,每个人、每件事物都有无数个角度和侧面,这有些像看景,"横看成岭侧成峰",是岭还是峰,要看你怎么看,你引读者这么看完又那么看,这无疑有点扑朔迷离,真假难辨。

姜:你是不是不太注重小说的技巧?

孙:是。我想,这世界上永远有两种作家:一种,他们最初写作是生活中不断有心得,不断有话要说,他们写作是因为有话要说;而另一种,他们很小就受到文学艺术的熏陶,他们很小就拥有当作家的伟大理想,他们写作是想当作家。毫无疑问我属于前一种。这一种作家的重要特点是,形式的自觉远远滞后于内容的自觉,或者说在技巧和生活本身的力量方面,更注重生活本身的力量。这很难说是好事还是坏事。但事实是,长此以往,我便拥有了自己的小说观:好看不过素打扮。认为朴素能够直抵人心。我崇尚沈从文老先生的一句话:宁愿在文体之外死去,也不愿在文体之内活着。文体,不严格等同于技巧,但也差不多是一个意思吧。

姜:阅读你的作品,已经使我走进了你真实的人生历程与这之外的孙惠芬的小说世界,系统的阅读,使我知道作品中有多少真实以及有哪些是真实的。譬如,《春天的叙述》中的"我",以及其他各篇中的"申玉贞",可能都有你的影子。你是否担心读者会用一种连续性的视角来读你的小说?

孙:之所以给你"我"的影子穿行其中的感觉,我想,主要跟第一人称的应用有关,实际上那里边有太多的虚构。小说需要有说服力,有说服力的小说重要的一点是得让人觉得真实,就拿《春天的叙述》为例,那里边的公公在生活中并不是这个样子,他身上集中了我身边好多人物的特性,我把我在身边好多人物身上的发现拼到他一个人身上。这里边我的情感,其实完全服从于小说对"我"这个人物的需要。当然,作品中"我"的生活道路跟现实中我的生活道路有相似之处,哥哥和婆婆等人物跟我生活中的哥哥和婆婆有相似之处,他们可以说是小说的原型。但当他们来到我的笔下,又有了不可预期的完全属于又一个他们的成长方向。写他们的过程和写公公的过程一样,是不断挖掘和发现的过程。至于读者是否会用连续性的视角,我不在意。同一个作者的作品,相当于同一个地方的风景,你读它,你身在其中,可能会不断有新的发现,但也肯定走不出边界。所谓发现,只是横看还是竖看的问题,倒是我有担心,我的小说横看不是岭,竖看又不是峰。

姜:其他人物可能也存在着这样一种连续性,譬如《春天的叙述》和《蟹子的滋味》中的婆婆这一形象。

孙:是的。《春天的叙述》中的婆婆和《蟹子的滋味》中的婆婆,来源于我现实中的婆婆这一原型,然而也仅仅是原型而已。在《春天的叙述》里,她是这样一个女人,从来没有自我,她的自我从来都附着在外来的声音和外边的消息上,只要听到外面有什么声音或有人在用声音传递消息,她不管在干什么,都要抽身跑出去。对过日子从来没有自己的想法和要求,其实这构成了她身上另一种强大的自我,那就是她不断地破坏着现行的程序和秩序,把日子搞得一塌糊涂。而在《蟹子的滋味》里,她仍然没有自我,闻风而动,风风火火,然而她有了巨大的变化,为了维护与她尊敬的亲家之间的和谐,她隐瞒了自己的病情,克服身体的疼痛,结果,她从未有过地建立了自己的尊严。实际上,生活原型在不断的利用中,有着不断的发展和变化。

姜:你如何看待生活经验与想象力的关系?

孙:这是我很久以来一直思考的一个问题,因为不断看到和听到这样的说法,说你的小说如果太像生活,就证明没有想象。

像生活,这涉及艺术真实和生活真实,涉及对生活的提炼和审美提升。有的"像",是没有达到审美层次的"像",是一种低级的写实;而有的"像",也写实,但那写实是洞察生活之后的提炼,它的特点是能给人带来审美的愉悦和对生活本质性的认知。这是完全不同的两种"像",后一种自然是具备想象力的。我之所以思考,是因为有些人往往只把那种极力把生活夸张和变形的写作当成一种想象,只把那种超现实和魔幻的小说当成想象,这显然是偏激的。我忘记是哪一位作家说过,最高的想象是能在文字中建立一个真实的艺术世界。这真实,自然要超出生活经验,而艺术,也绝不仅仅是夸张和变形。

姜:一个真正的小说家的特征是,他不喜欢谈自己。关于这一点,米兰·昆德拉也有过类似的论述,在《小说的艺术》这本书里,昆德拉谈及卡夫卡,他说:"一旦卡夫卡本人开始比约瑟夫·K吸引更多的关注,那么,卡夫卡去世后再一次死亡的过程就开始了。"可是,在你的小说中,随处都可见到一些至少带有你影子的人物,哪怕这些人物在小说中不占据主要人物的位置,你也有时将他们纳入你的影子之中,这是为什么?

孙:我想,是不是可以这样理解米兰·昆德拉的话,或者说,是不是有这样两种可能:第一,昆德拉所说的卡夫卡本人,应该是指作者,而我小说中的"我"或被称为我的影子,和作者无关,他们在作品中就是一个人物,他们谈论的,不是作者自己,而是那个人物自己。第二,卡夫卡本人比约瑟夫·K吸引更多关注,是不是不单指一部作品,换一句话说,他的意思是不是担心作品的力量随着时间的推移在一点点减弱,最后只剩下作家的名字。如果不是这样,那我就不算一个真正的小说家。

姜:在这么多年的写作过程中,你都考虑过哪些问题?这些问题又如何推动了你的写作?这一问题是在我读过《蟹子的滋味》之后想起来的。你说过,这篇小说你写的是欲望的解放与控制,我觉得这是一个问题,一个你的问题,虽然这一问题的根基仍然是我们非常熟悉的两个老人衍发出来的。当然,对这一点,我所能深切地感受到的是,你的城市情结与乡村情怀扭结得非常深。

孙:没错。前边说过,"城乡之间"的矛盾和冲突是我一直绕不开的一个主题,在这个大的主题下面,对我来说,一个思考最多的问题是"日常"。日常,它在我的创作生命中应该说越来越巨大,因为我越来越感到,日常状态是人性中最难对付的状态。说它难以对付,是说突发事件总是暂时的、瞬间的,而人在事件中,往往因为忙碌,因为紧张,体会不到真正的挣扎。事实上,人类精神的真正挣扎,正是在日常的存在里,困惑和迷惑,坚韧和忍耐,使挣扎呈现万千气象。在一个人面对自己内心的时光里,精神之树气象万千。昆德拉所说的人不能承受的生命之轻,是不是也有这样的意思?在《蟹子的滋味》中,我遇到的有关"欲望的解放和控制"的问题,正是生长在两个老人静静面对的日常时光里,还有《歇马山庄的两个女人》中的潘桃和李平,还有《歇马山庄的两个男人》中的鞠广大和郭长义,《一树槐香》里的二妹子,《狗皮袖筒》里的吉宽和吉久,等等。我想,日常,事实上最具有极端的质地。它跟时间和时光抗衡,是流动着的存在,无论是写作的我,还是我身边现实的各色人生,都不得不在奔着希望和梦想的前行中,跟它持久地对抗。

姜:这个郁结于你心中的问题,如何推动了你的写作?

孙:应该说对"日常"的关注,对我写作大有益处。它一方面锻炼了我的心灵,使我能够在日常烦琐的事物中观察、分析,敏于思索;另一方面,它使我在承受日常极端考验的同时,越来越强烈地感到文学这项劳动在我生命中的重要、不可或缺,因为是它,也只有它,才是烛照日常引我前行的一盏不灭的灯火。

二

姜:《春天的叙述》这篇小说写得非常出色。也许,是你唤起了我们这一代人的某些沉睡的情感,我对这篇小说有一种爱不释手之感。

孙:这篇小说在《当代》发表后,被《小说选刊》选载,获了当期"拉力赛"冠军。后来接到许多同行朋友的电话,一个多年来我一直敬重的作家居然专门让朋友转告我她的喜欢,而另一个前辈作家读后跟我说,我让他老泪纵横。去年昆仑出版社的编辑侯健飞,在出"汇报者丛书"时,读到这篇作品,在电话里说了跟你同样的话,他说他好久没有读到这样的作品了,让他爱不释手。后来他把这部小说做了那本书的"头条"。

姜:这篇小说写的是公公,但对婆婆这样的女性的描写也很让人感动。对婆婆的感情前后有着很大的变化,在这里,不是婆婆的性格有什么变化与发展,人物本身没有改变,改变的是"我"的看法与情感。

孙:这正是那篇小说中"我"这个叙述角度的重要性,不只是婆婆,那里边的所有人物都在我的叙述中发生了转变,公公、大姑姐姐,还包括一些几笔代过的人物嫂子、母亲、父亲等,刁斗把这叫作"润物细无声",并说这篇小说是典型"孙惠芬式"的小说。我倒并不知道自己是什么样的风格或有没有风格,但有一点是肯定的,我喜欢朴素的力量,喜欢情感中的"和平演变"。

姜:读这篇小说,我体会到你有一种执着的力量。你从人心或人性的缝隙里挤进去,打开了人心的一扇大门,公公内心的那扇大门似乎就是这样被打开的。

孙:"从人心或人性的缝隙里挤进去",这说法太好了。我在前边曾经说过,我写作的理想是探寻人性未知的领域,要探寻,就要像土地上的水慢慢渗到庄稼的根部,就是要渗进去,要打开。

我知道我在渐渐拥有这种能力,但不能说已经很行。

姜:这篇小说确乎有一种与亲情无关的疼痛,但它是不是想表达一种亲情以外的亲情方式呢?是什么原因促使你写下这篇小说的?

孙:我总觉得,人一辈子,与你有关系的人不会有几个,而这关系,像婚姻,似乎都是上帝的安排,说是偶然,更多的像是必然,说是必然,又完全不可预知。写这篇小说,就是感慨这种人与人关系的不可预知。你想想,你跟一个人素不相识,却要从某个日子开始跟他在一起生活一辈子,而这个人的父母姐妹都跟自己有了瓜葛。那个春天的一个午后,一觉醒来,我看到了酷似公公后颈的儿子的后颈,就想我的儿子怎么能像那么远的一个人呢,那个人与我有什么关系呢?亲情到底是一种什么东西呢?于是这样一篇关于"关系"的小说就诞生了,是春天里的叙述,"关系"只是叙述的一个线索,内核还是对人性的理解和体谅。

姜:这个形象让我觉得特定时代给特定的人造成了不可逆转的命运。与其说公公是被欲念所害,不如说是一个时代将他的道德底线击垮了。当然这里也有人性的坚韧与坚守,并不是所有向往城市的人都会给自己带来这样的命运。

孙:我明白你说的道德底线,你是指小说里公公这个人物为了一个城里女人不惜放弃对儿女的责任,甚至不惜挪用公款毁坏自己的名誉。这确实是小说里的情节,但说起来这是一件很有意

148

思的事。我原来小说里那个呼唤公公进城的知青点的知青古兆明，不是女的，而是男的，他是公公的朋友。公公追逐他，完全出于对城市的追逐，对现代文明的追逐，与男女情感无关。谁知小说在发表时，那个"他"被责编改成"她"，这一改发生了意外的变化，公公的追逐由原来那种单纯的对城市的追逐变成了对城市和情感双重东西的追逐，这其实不是我的本意。但是，我想，责编之所以这么改，一定是觉得那种单一的追逐不可信或者不可靠，一定是因为不可信和不可靠而误以为那是我的笔误。我在刚看到铅印稿时，很不能接受。但后来得到的反响是，没有任何一个读过的人认为那个知青该是个男的，所以我就在反思，是不是我个人的经历使我过于强化了城市在乡村人心中的力量，这力量在别人那里其实是很离谱的。不过，我还是觉得，如果把那个知青变成男的，会有更强烈的效果。

坚韧的坚守是人性中重要的东西，但我觉得在探寻人性的写作中永远存在着两个方向，坚韧和坚守只是方向之一，另一个方向便是打碎和打破。前一种，是写人性的光辉，后一种则是写人性的脆弱，或者说是人性的局限。如果两种都是关怀，都是悲悯，那么是不是把局限写到一个极致，效果会更强烈呢？

姜：读完这篇小说后，我也如同小说最后所讲的，"泪光滢滢"，也许我们作为同龄人，对上一代的命运及人生历程有着某种共鸣，他们那一代人，其实比我们难。他们在努力的过程中，有着更多意想不到的因素在左右着他们。

孙:所谓的上一代比我们难,从对城市文明追逐的角度看,我想是这样的。在我们和上一代人之间,城市文明和乡村文明的距离在大幅度缩小,这是不可逆转的,所以我就想,到我们的下一代,就根本不可能理解这种城市情结,读这样的小说不但不能"泪光滢滢",反而会觉得可笑。

姜:在《歌者》以及其他很多篇目里,我感受到你对远离土地后的恐惧。这里可能还不仅仅是远离主流社会的惶恐,我觉出了你面对真实的勇气与犹疑。现在很多作家可能在面对真实的时候,或者当触及真正的现实时,都可能缺乏某种勇气与艺术良知。这可能也是现在创作界呼唤面对底层的作品的原因。

孙:谢谢你这么问,这个问题对我很重要。远离土地的惶恐,远离主流的惶恐,面对真实时的勇气与犹疑,这是三个层次,需要一层层地说。首先,我得说前两种东西在我这里都存在。远离土地,这是很多乡下出生、成长的写作者都要有的经历,只不过我比一般人的感受更强烈。这并不是说我比别人更爱土地,我从来就不觉得我爱过土地。奶奶、父亲和叔叔们不断把外面世界的美好带到乡下,我很小就对外面怀有向往,很早就对由土地做成的乡村生活怀有不满。然而越是向往外面,就越陷入对周边世界的厌恶,越是厌恶,就越加深你对厌恶的周边世界的体会,根,就这样在体会中不知不觉扎下了。这有点像恨极生爱。关键是当你一程程向外面跋涉,发现外面的世界并不是你想象的那样,一步三回头就成了必然的选择。

再说第二层,我在《歌者》中写到的远离主流的惶恐,我想,这主流,与体制无关,而与你通过什么来感受你与体制之间的关系有关,是存在的方向感。比如在我很小的时候,就知道我的父亲关心国家大事,他天天半夜听半导体收音机,我的父亲因为做过生意,"文革"中被打成投机倒把分子,在村子里做挑大粪的活路,可是不管他的活儿有多么累,关心国家大事是他最重要的生活。常说的一句话是,一个人,不知道国家的事你也叫活着?我的父亲,即使身在一个小小的村庄,也能够胸怀世界,也能够通过半导体收音机找到活着的方向。他的这种情结也许缘于见过世面,但不管缘于什么,这种东西深刻地影响了我。印象最深的是,我小时候一到晚上就盼望吹哨,因为一吹哨就意味着生产队里开大会,而一开大会,就肯定传达上边的精神。直到现在,我在小镇上的大哥,百忙之中,也要关心"中东局势""巴以冲突"。我是说,这种胸怀世界,其实就是在找寻存在的方向,我的父亲,我的哥哥,我,我们的日常生活无论多么琐碎、狭小,我们必须知道自己在世界中的位置,知道从哪里感受我们是国家这个血管里的神经。这方向,说起来宏观,但实际上相当微观,因为你在某个地方生活久了,你跟世界的关系就一定有一个具象的定位。比如你在乡下,那血管可能是半导体,是晚上的大会,是房屋后边通向生产队的道儿;而当进了县城文化馆、县文化局,那血管就有可能是一张创编室的小报,一次来自政府的活动。正因为如此,当有一天,我从县城来到人口密集的大城市,一下子惊慌失措,我再也找不到与这个世界对应的切口。城市人口密集,淹没感突如其来,所谓悬浮,就是这种变化造成的,存在的方向发生了迷乱。我不知道有没有说清楚,我的脱离主流的惶恐,其实是迷失了存在的方向。

姜:那么第三个层次呢?

姜:你说的面对真实的勇气和犹疑,我想,面对存在方向的迷失,我的犹疑、痛苦其实大于勇气。那是一段十分痛苦的时光,在那段时光里,我真的觉得自己就是一棵悬浮的稻苗,随时都有枯萎的可能。

姜:我深有感触的是,你这篇小说里那种悬浮的感觉可能不是每一个人都能面对的。一个作家的力量在于心灵的力量,以及想象力的巨大和创造力的巨大。

孙:不敢说这是心灵的力量,只能说我尚有面对内心的能力。面对内心,这对我很重要,因为只有这样,我才能感受到作为一个最小的个体、最普通的个人的存在。所谓即使生活在小小的乡村,也要胸怀世界,其实就是让自己感受个人的存在。而感受到感受不到,取决于你的能力。

姜:《歌者》使我想起你写了很多母亲的形象,在写作这一形象的时候,你有没有受到史铁生的影响? 或者说,这样的问题可以做这样的发问,史铁生的作品有没有在开发你对母亲的情怀方面起到作用?

孙:我非常喜欢史铁生的文字,不管是随笔还是小说。在写《歌者》的时候,我常常能想起史铁生的《我与地坛》中的母亲形象,这种开发,也许是不自觉的,但我想说的是,我的母亲,确实是像小说中写的那样,内心世界极其丰富,对生活有着相当的宽容和理解力,这跟史铁生的母亲有某些相似之处。

姜:我特别喜欢你的中篇,但我也知道,你的书其实是不能看的,沉浸进去看,可能更不行。看你的书,人就可能无法走出来。读《歌者》时,我不但陷进去了,而且还流泪了,回母校吃松子玉米的细节,确实很能打动人。你总是能将最平凡的生活中的力量、温情、关怀挖掘出来。

孙:我不知是否做到了你说的那样,但我极尽自己所有的敏感去体察,去发现,去表达。写作的过程,是发现的过程,而发现和表达,既依赖于你曾经的体察,又依赖于正在进行的写作状态。写作的状态,对我来说有时比曾经的体察更重要,它可以让你进入另一个宇宙——你笔下的宇宙。也就是说,你只有进入你笔下的世界,你的想象才有可能超出经验,在另一个层面上随意挥洒。

姜:你在《伤痛故土》里说第二十八天回去告别,这让我想起一点,你是不是特别在意时间? 或者,女作家们是否都特别在意时间？

孙：那篇小说里的时间，可能仅仅是叙述需要。不过，我确实在意时间，我在意的时间不是故事发生的时间，而是故事在时间的缓慢流动中不期然的走向。一片树叶从树上掉下来，它不知道会飘到哪里去，一阵流风，一阵疾雨，都会改变它的行踪、它的方向。如果说故事的魅力在于转机，那么这转机就需要依靠时间。在这里，时间呈两种形态：一是树叶从树上往下飘，一直到落到某处的有着长度的时间；二是树叶在途中被风雨突然改变走向的瞬间的时间。相对而言，我更看重这瞬间的时间，我认为瞬间就是历史，因为是这瞬间改变了故事的历史，使我们的故事有了跟我们的生命相契合的不期然的模样。至于那时间的长度，不过是我给作品截取的一个断面，它并不是很重要，比如《歇马山庄的两个女人》为什么只写一年里的事情而不是两年，《民工》为什么只写三天的事情而不是三十天，这不重要，重要的是那些给人物命运和故事提供转机的瞬间如何降临，它掀起了怎样的波澜。

姜：在看完公公的故事后，再来看二哥。对二哥其人，"我"觉得他可怜，但又无法深怪于他。"我"确实断了他的某些想头。虽然，各人有各人的方向，这显然怪不得"我"，但农民在土地上挣扎得太苦了。二哥有什么想法"我"觉得都是可以理解的。

孙：二哥和公公，他们和所有乡下人一样，都怀有一腔理想，只不过他们理想的格局更大一些，他们的思想更灵活些。唯其这样,他们才更值得理解和同情,才让人觉得可歌可泣,可泣又可怜。

姜:说二哥可怜,其实是因为申家的家族信念在这里崩塌了。我觉得二哥似乎更应该是《春天的叙述》里的那个公公的儿子,他们有一种底脉是那么相似甚至相同。

孙:他可以是那个公公的儿子,也可以是任何一个乡村人的后代。所谓乡土,其实是跟家族意识不可分割的一种精神的东西,它常常形成并支撑了乡下人奋斗的信念。我觉得这是整个乡村的底脉。

姜:在我读到《歇马山庄的两个女人》时,我知道了,在经过那么多年的写作实践之后,你的语言感觉越来越好了。话在你的嘴里都生了根似的,而且还长出了枝丫,密密丛丛。你的语言,诚如你写李平,"简直就是一个被日子沤过多少年的家庭妇女",你的语言也是岁月沤出来的,富态而又大方。

孙:谢谢你的鼓励,我知道我做得还不够。所谓语言,跟写作者的生命状态是不可分割的,至少对我是这样。当我终于找到了存在的方向感,在城市里可以以一个写作者的姿态站立,故乡、故土成了我写作生命中的一个切口,我的语言也就在另一个维度上扎根,有了比过去更从容的姿态。从容,必定能焕发想象力。

姜:《还乡》写家园的迷失,也同样是写价值的迷失。这篇小说在写家园的迷失时,你是否想表现知识分子对价值的坚守?

孙：那个小说里的叔叔，既有我叔叔的影子，也有我一个女朋友的影子，同时也有我自己的影子，可以说那叔叔的困惑就是我的困惑。商品经济大潮拍岸而来的上世纪 90 年代，我正在县城，作为一个小有名气的文人，有许多机会在考验着我，困顿、迷失都曾经有过，并亲历着坚守的痛苦。

姜：应该看到的是，知识分子与我们这个社会中的大多数人有着某种隔膜，或者说知识分子以他们的方式关怀这个社会的时候，并没能得到认识与体认。这又让我想起俄罗斯文学中的那些游离于社会主流与基层的人，我们现在的知识分子是不是也有这样的状态呢？

孙：是，这是正常的，这不仅仅是当代的隔膜，历朝历代都是这样，每一种社会制度下的知识分子也都是这样，只不过变革中的当代中国要更强烈一些。我想，这不是知识分子的问题，也不是社会的问题，而是由知识分子这种天然的角色决定的。知识分子之所以被称为知识分子，是不是他们先天要比大众有更多的理想，或者说先天就有了一种对社会的批判姿态，从而使他们的精神越想参与其中便越游离于大众？我说不太好。

姜：我觉得我们的作家可能现在要面临的另一个问题是：民众立场。我刚刚读完池莉的《托尔斯泰围巾》，我觉得池莉在这篇小说中也提出了这样的问题。这篇小说中的老扁担、张华是让人——特别是我们这些普通人——产生很多共鸣的。你在《还

156

乡》里可能没有意识到这种立场,但是你的其他作品里,如公公、李平、潘桃这些人身上,都表明了你的立场与取向。

孙:你所说的民众立场,我没有想过,我想到的还是前边说过的那种单个的个体和个人,我写公公、李平和潘桃这样的人物,不是因为我有了什么样的立场,而是当我感受到自己作为一个单独的个体存在着的时候,我分明感受到我身边的另一些个体的存在。是我存在的方向感让我时刻不忘"识别"他们的存在和方向,"体会"他们的存在和方向,就像识别我自己、体会我自己。在《还乡》中,叔叔是有与一般大众不同的立场,因为这种立场他才与身边人有了隔膜,也因为这隔膜才突出了知识分子的价值观。我的意思是,一个知识分子的价值观,不等同于一个写作者的价值观,作为单独的我,可能也有像叔叔那样的属于知识分子的与社会疏离的困境,但作为写作者,我更看重的是你是不是尊重每一个生灵和生命,这容不得半点疏离。

姜:在这样的背景中,叔叔的形象坚硬得很。公公、二哥、二妹子、叔叔,这一系列形象的塑造,是非常成功的,而恰巧这些人物似乎都带着那种因远离主流而产生的恐惧。

孙:这就对了。每个人的一生,都是存在的方向感不断迷失又不断找回的过程,这就像理想在你走近它时又跳到远处。史铁生说理想从来都不是用来实现的,它只不过是引你前行的诱饵。我不敢说他们的形象成功,但我确实在努力写出他们在不断的迷失中瞬间的心灵历史。

姜：《还乡》这个中篇你后来融进了《歇马山庄》，你这样安排是为什么呢？

孙：不是先有中篇，它原来就在长篇里。那个故事是从长篇里裁出的，当时《青年文学》急着发"东北作家专号"，长篇刚刚写完，我脑袋里除了歇马山庄的故事没有任何东西，就急就了这么个中篇。现在看，这不是一个明智的做法。

姜：另一个形象是翁惠珠，这也是一个非常有力度的形象，丰满而有张力。她由原先的外在的形象占有到占有了其他人物的内心。在她周围，有几个人物都显现出了非常本真的一面。

孙：翁惠珠是千千万万追逐城市梦想的一个，就像《春天的叙述》中的公公、《伤痛故土》中的二哥、《歇马山庄的两个女人》中的潘桃和李平、《歇马山庄》中的林治帮和小青。她和他们一样，都是我"城乡之间"小说中的悲剧人物，他们的悲剧形象，在我进入他们的生活之后，最先打动了我。

姜：当然，谈到形象，我觉得你对女性形象的塑造是十分在意的。你可能有意塑造一系列女性形象，从婆婆、母亲她们开始，到身边的好友与各种乡村女性。

孙：这跟我的成长经历有关，二十三岁之前，我一直在十八口人的大家庭里生活，上有奶奶、父母、三个哥嫂，下有八个侄子侄女。在我们这个家庭之外，还有一个拥有五十多人的偌大的家族。一个家庭、一个家族得以维系,女人之间能否和谐相处是很重要的因素。而女人们,往往厨房就是她们的舞台,日子就是她们的战场,三个女人一台戏,所以很小的时候,我就体会了奶奶、婶子、母亲,还有三个嫂子三代女人之间的心理斗争。英国作家伍尔夫说过,"女人一向在客厅里讨生活,正可锻炼她们的心灵,来观察并分析别人的性格,这样的锻炼足以成为小说家而非诗人"。她这句话,说出了她作为小说家的成长奥秘,也差不多说出了我对女性命运格外敏感的原因。

三

姜:《上塘书》是不是一次将某一个地方作为一种文学形象的努力?或者,你的意思是想写一部乡村寓言?

孙:把一个地方当成人物来写,这是我的初衷,但这样的初衷绝没有写地方志的意思,那样的形式借鉴了毛泽东《湖南农民运动考察报告》中的"寻乌调查"。所谓地理、交通这样的小标题,只不过想从调查入手,为进入找到一个恰切的方式。多年来,在拥有了在大城市与乡村之间游走的经历之后,我发现我心目中的乡村与外部世界有着本质上的相同,于是就相信一定有某种形式能够打通乡村与外部的通道。在这篇小说之前的所有小说里,我写的都是人在城乡之间的困扰与纷争,只有这篇例外。让一个乡村整体出现在小说里,困扰与纷争只是一个个局部,而把这些局部联合起来,目的是让它对应着一个更大的整体,建立与外面世界本质性的联系。很多人关心的是小说的形式,似乎争议也在形式上,但对我来说,这里的内容更重要。那个上塘独有的精神世界,是外部生活的逆向延伸,而这里的每一个人物、每一条道、每一种仪式,无不与外面世界的意义发生联系。如果把上塘当成一个生命对待,那么,我的这次写作就是在为上塘这个生命,寻找一个存在的方向,寻找一个与之对应的切口。

姜:目前你的两部长篇都是以地方命名的,这是不是有着某种巧合?

孙:不,不是巧合,是有意。因为我一直有这样的想法,不管是一个人,还是一棵树、一个村庄,它们都是一个宇宙,它们都有独属于它们自己的细胞组织、生命样式,它们不管大与小,都是一个完整的机体,一个能够自动运转的物体。当这两部写乡村的长篇,像生命一样在我的体内孕育、分娩的时候,我愿意它们以个体生命的样式命名。

姜:我曾多次想写写乡村,但读了《歇马山庄》之后,我将这念头藏起来了。有了孙惠芬的乡村,其他人怕是难以进入了。林治帮与潘秀英谈话中的那个"拴"字,非常形象,我觉得你与乡村确实拴得非常紧。

孙:你过奖了,其实我知道这部小说存在很多问题。不过,说到跟乡村生活的联系,我倒算欣慰,我跟乡村拴得紧,主要原因是我在二十三岁之前的所有时光都在乡下度过。也就是前边说过的那种恨极生爱的扎根。

姜:阎连科、刘庆邦他们也写乡村,但他们写的是挣脱与出来,而你写的是扭结与进入。写乡村写到这份儿上,不让人感动都不行。

孙:我想,我和他们的不同可能是这一点,他们能够写出乡村生活中的酷烈和血腥,而我不行。我生性胆小,从来不敢直面这种酷烈和血腥,虽然我知道它并不因为我不看就不再存在。我的意思是,我愿意用柔软、温暖的方式。是不是这柔软和温暖,让人觉得是进去而不是出来?

姜:我一直认为你的写作是趋向于传统与内敛的,但是读完《歇马山庄》之后,我不这样看了,这部长篇,本质上仍然是铺张与张扬的。这可能就是骨子里的你。虽然在语言表层上你不紧不慢,但作为一个从乡村走出来的女作家,我们可能都被你最初的形象蒙骗了,你在这里给了读者与评论界一个惊喜。

孙:那确实是一次意外的铺张与张扬,那是一次少有的激情写作,我好像被什么东西烧着了。现在想来,那是迷失自我之后的一次呼喊,就是前边说过的,失去了存在的方向感,当我从县城来到大连,彻底地迷失在喧嚣的市声里,就如同走丢在森林里的孩子,呼喊是最本能的选择。那个时候,我太需要让别人知道我到底是谁、走到哪里了,想收敛自己是不可能的。实际上,在写到二十四万字的时候,我就不再迷失,就知道作为一个写作的个体,我已经站了起来,就知道写作本身,就是这个世界向我打开的一个切口,当然更知道,这个切口,通着的不再是城市,而是乡村。

姜:你写到了浇油,写到了黑眼风,这些都让人觉得你与乡村与故土拴得太紧。但这部长篇,从技术上讲,是不是少了些讲究?譬如,买子的出场晚了些。

孙:我信奉这样的话,真正的写作是一次内分泌,现在回想,《歇马山庄》的写作就是一次分泌,人物的出场和故事的转折,都由不得自己,包括语言。写到后来,就觉得许多语言是语言中生出来的,就像树上的果实。不过,现在看来,确实芜杂了一些,有些枝蔓横生,这都怪当时心中的肥料太充足了,致使小说生长的势头太迅猛了。但这似乎是一种矛盾,我在想,对《歇马山庄》而言,如果不那么迅猛,没有了那些枝蔓,是不是就不再是它了呢?当然,这之后的写作,我还是注意了一些技术的东西。

姜:这部书的开头就精彩纷呈,但确实,关于"性"的描写在书中还是有很大比重的。这样开头的初衷是什么?

孙:出于故事和人物的需要。因为月月和国军新婚之夜那场大火是整个故事发展的源头,小说截取的时间是一年,想让主人公在一年里完成结婚、婚外恋、怀孕、打胎、重新选择生活这样的过程,必须一开始就急促和热烈,因为人物对生活的认识往往是越来越冷静。热烈的开头是希望给后来的冷静留下空间。这部小说,除了开头是精心设计的,后来的脉络都是顺理成章的。

姜:关于"性"的描写,我从个人体验的角度出发,觉得与乡村的真实是很贴近的。

孙:性,我一直认为它和爱一样,是至高无上的,即使它有时候和爱分离。在我所熟悉的精神生活相对贫乏的乡村,性比爱更能支撑男人过日子的信念,这里也包括一些觉醒的女人。我一直有个感觉,就是在对性爱和身体的认识上,乡村人未必就落后于城市人,农民未必就落后于知识分子。一些知识分子在把爱看成至高无上的精神生活的时候,往往放低了性的地位。这对生命是一种不负责任,或者说是一种虚伪,乡村人可能不知道对生命负责,但他们最少虚伪。

姜:一般人认为,写到"性",人们就会联系个人化写作啊什么的,不过,我现在倒是想问一问,你如何定位自己的写作?譬如说,传统写作、现代、后现代、私人化写作什么的。

孙:我不知道,我想可能是介乎传统和现代之间。

姜:我看了几篇关于你的评论,觉得有些评论家实在离生活太远,对乡村也可以说很隔膜,他们不懂农村。《歇马山庄》里的"性",以及你其他作品中对乡村爱情的描写,其实是农村较为常见的。过去与现在,大多是这样的状况。与什么现代性、现代主义也是两码事。我觉得这里的关键还是一种农村精神。你觉得

《歇马山庄》里的乡村精神与现实生活中的真正的乡村精神是一回事吗？有没有距离？当然，后一种问法我知道有点不着调，小说嘛，应该是高于生活的。

孙：评论，是评论家的创作，和小说关系究竟有多大，很难说。我想，我在作品里写性，跟乡村的真实生活可能没有多大关系，而跟我个人对性的意识和观念有关系。我这么说，并不是说我不遵循生活的真实，不是，我是说是这种意识和观念，影响了我如何看待乡村。而我的意识和观念的形成，倒有必要说一说，它是从母亲那里传授而来的。我的母亲，是乡下女人，她没读过一天书，但对男女之间的情感和性爱有着非同一般的理解和尊重，比如当许多老人以道德的面目给那些粗鄙的性爱故事主人公以"流氓"和"破鞋"的评判的时候，她从来都保持缄默，我甚至都没从她嘴里听过一句"生活作风问题"这样的话。以母亲的经历，她没有道理这样。在我了解的母亲的经历中，她其实深受这种东西的伤害，我的姥爷是乡间地主，他在我姥姥四十岁的时候，在外边聚赌沾上一个女人，死活要把她娶回家去，任母亲和她的弟弟怎么抵挡都抵挡不住。母亲的家眼见着就丢失在姥爷和这个女人在一般人看来不道德的情感之中，因为就在那一年，我的姥姥含恨死去。一个没读过书、一辈子没走出乡村的乡下女人，应该从此对此类事深恶痛绝，可是完全不是这样。她在向我讲述这段故事时，除了叹息，没有一点尖锐的词语。这一点，从小到大我印象简直太深了。长大以后,当我有了一些人生阅历和创作经历,当我发现任何粗鄙的性爱故事都无法让我痛恨和厌恶,我才知道她对我的影响有多大。母亲对性爱的态度,与经历和教育无关,完全来自她对生命的理解,对人性的宽容,当然这是相辅相成的,她的宽容也正来自她的理解。我想一定是这样,不然你做不出更好的解释。《歇马山庄》发表之后,一些关心我创作的文学前辈看到其中对性的描写痛哭流涕,纷纷写文章批评、上告和找我谈话,在他们发表的文章里,在他们找我谈话的语言里,他们使用的词比乡下人使用的词还要不堪入耳,让你觉得性是要多龌龊就多龌龊的事情。这时我知道,知识和文化实在不是一回事,一些人,看上去很有知识,但他们一辈子都不了解身体,包括他们自己的身体。

姜:噢,竟然有上告与找你谈话的事?新鲜。

孙:是,当时局势很严重,大连宣传部拿掉了此作品的一个奖,省报上发表了一篇类似大批判稿一样的文章,所以我就想,我的母亲,她大字不识一个,却能够积极地去理解生命,实在太可贵了。这也就涉及你提到的后一个问题,就是小说里的乡土精神和现实的乡土精神是不是一回事的问题,我想说,既是,又不是。说是,是说在性和爱这个事情上,乡村这个生命群体更本真、更原始、更少一些羁绊,我遵循了这种本真和原始。说不是,是说,在我看来,无论是城市还是乡村,人性的需求和愿望没有多少不同,我在写作时,更多的时候还是遵循了这种共通和相同。

姜:我觉得既然已经凸现了月月,文本完全可以围绕她来铺开。其实,月月、小青既然是中心人物了,那你仍然不妨再写一次歇马山庄的两个女人。那个死去的翁庆珠,其实并没有多少正面的笔墨。所以,我说还是歇马山庄的两个女人。

孙:这个提议很有意思,在那部长篇已经完成而那些人物还没有走远的当时,我确曾有过这样的想法,但当时太累了,对继续写她们十分恐惧。投入地写一部长篇实在是太累了,当时太想休息了。谁知道,这一休息,这些人物就走远了,而另一些人物向你走来了。我一直觉得,到底是谁,在什么时候向你走来,你是无法预知的,你所能做的只有迎接他们。

姜:像火花,可能也有点故意搞出的神秘,她其实不就是那个陈经理与林治帮的女儿吗?你为什么要让她见证那么多重要的事情呢?这样安排到底是出于什么样的考虑?

孙:前边一再谈到的不可预知,其实就是在说生命的神秘。无论自然生命还是人的生命,都有一个冥冥之中的存在,都有一种东西在冥冥之中操纵着。你可以说它是命运,也可以说它是宿命,但无论是什么,它总是在你身边无所不在。它操纵着你,你却永远不知道它在哪里,它操纵着你,你却永远不知道你的前方有什么,你不知道前方有什么,却分明又知道上天把一切都安排好了。火花在作品里代表的,就是这样一种类似天意的东西,冥冥之中的存在,她在人们身边无所不在。我知道我没有处理好,糅得不是很自然。

姜：《歇马山庄》的女性视角我觉得很多评论家都在强调，我倒觉得未必要如此。前些日子看《给青年小说家的信》，我觉得马里奥·巴尔加斯·略萨在他的书里提出了一个叙述者与作者的区别问题倒是挺有意思的。作者是女性，叙述者则作为书中的一个形象，作者假他之口在讲歇马山庄的事，倒不能仅仅看作女性视角。

孙：你说得没错，我没有有意表现女性视角，评论这么说，可能缘于月月这个人物对爱情的态度。在她的态度里边，有一种对男人的失望，这失望建立在对男人从不放弃的希望上。人们误以为她代表了我的态度，其实不是。在整个作品里，我其实是中立的立场，我对买子、林治帮、国军，包括虎爪子这些人物，都给予了充分的理解。

姜：我强调这一点，是发现，很多时候，人们把里面的任何情节都安置在一个女性的视域之中，譬如，林治帮的事儿、林治亮的事儿、买子的事儿、林国军的事儿。其实，是不能这样放置的。这样安排对作者其实是一种不尊重，对评论者自己而言，也是在偷懒。小说嘛，不是写男人就是写女人，强调女性视角是不可取的。应该说，这些是安排在叙述者的视域之中，而不是作者的视域之中。

孙：你说得非常好，只不过是叙述者的视域，而不是作为女性的我个人的视域。

姜:但显然,关于女性的东西,你通过月月,是表达出了某种观点。这隐含在作品中的观点,可能还非常坚硬,也非常疼痛。月月是个让人爱,也特别让人尊重的女人。所以,她后来到了果园里,我特别舒心,我松了口气,觉得她的命运回到了自己的手里,她主宰了她自己。而买子这时则显得有点阴暗。

孙:作品里月月有一句话,不知你是否注意到了,"在对待爱情的态度上,最见人的品质",如果说有观点,这就是我写作前的观点。有的男人终生可能有很多女人,但他从来没有爱过女人,而另一些男人可能一辈子身边没有女人,但他真正爱着女人,他没有女人正因为他爱着女人,怕伤害女人,即那种无情的多情。在买子最初来到我笔下时,我压根就没想让他成为有品质的懂得爱女人的男人,依我的想法,把买子写得再阴暗些都不过分,因为现实生活中,在对待爱情这个问题上,大多男人是经不起推敲的。可是写着写着,不知怎么我竟理解了买子,也理解了男人共性的局限,似乎作为他,不可能有超出这种做法之外的另一种做法。那另一种做法,只能是另外很少的人所为,比如长相丑陋、内心纯正的古本来。跟古本来比,跟月月比,买子是有些阴暗,但事实上,他已经相当不错了,我已经给了他太多的同情。

姜:当然,有人说月月曾经迷失于自己的角色预设中,我也不是太赞同这样的看法。女人不活得像女人,又有什么意思?也就是说,女人的伦理定位与社会价值首先是从女性角度出发的。月月作为妻子,或作为情人,或意欲成为母亲,我觉得都没有错,这是女人的权利。关键是,这里有一个如何看待女人权利的问题。不要拿性说事,不要拿女人的需要说事,这应该是男人的态度。我觉得林国军和买子都在这里犯了错误。林国军阳痿不是错,错在他的报复。

孙:所谓角色迷失,是说她太坚持太执着,让人觉得偏执,这正是她的可贵之处。她不放弃,这是当代女性少有的品质,我在她身上寄予了对女人的理想,即:爱着自己做人的尊严。这和买子、国军有着本质的不同,他们也爱,但他们爱的是自我的利益,跟尊严无关。

姜:你与家乡的关系是不是可以用"伤痛"二字来做全部概括?为什么会有伤痛,又伤痛于哪一点呢?后来你又伤痛城市,你是不是天生有着伤痛情怀?

孙:是。伤痛,是我活着的一种状态,是我活在世上最有质感的一种支撑。这种质感,绝不是说我比别人多多少坎坷、多多少苦难,不是,它源于我的敏感,我的乐于体悟,我的深于忧患。我想,是伤痛使我获得种种只有通过文字才能表达的情感体验,获得最初与文学走近的契机,获得文学样式的人生。我知道,在如今的商品时代,文学的样式早已不再是人生的最佳样式,可它是我生命的最佳样式。因为只有这样,我才永远知道我是谁,我为什么伤痛。

姜：你在这部长篇里仍然动用了你的家族的材料，至少月月又有了你的影子。你似乎对你的家族比常人更有一种荣耀感，这是不是你写作的源泉或动力？

孙：说到家族荣耀感，我想可能真的是有，这不是一件好事，这跟我的家族在当地的影响有关，也跟奶奶这个人物在当地的威望有关。我的奶奶是小镇女人，1889年生，她读过书，崇拜孙中山，思想很开放，她很年轻时就走南闯北，这在那一代女人中是少有的。因为她的教育，我的父辈们十几岁就离开乡村，到外面奋斗，经商、读书、工作；我的父辈们，除我父亲外，因为这种奋斗，也都娶了小镇上读过书的女人做妻子。所以我很小的时候，就感受了我们这个家族与乡村其他家族的不同。这荣耀感不管是不是好事，它确实是我最初创作的源泉，因为作为一种参照，它让我不断识别周边的生活，让我很早就学会识别前边说过的那种存在的方向。但是，现在，这种荣耀感不再有了，一方面，奶奶、父辈们相继去世，上一辈只剩下母亲和一个婶子，到了我这一代和下一代，家族里人都从乡村迁出来，散居在各地，那种家教、家风构不成任何整体的力量，更谈不上家族氛围；重要的是，随着年龄的增长，外面世界的不断打开，我越来越有批判的眼光，越来越多地看到我们这个家族的局限。不过，我相信，这是写作的又一种动力和资源。

姜：《歇马山庄》中的几个人物形象非常丰满,但作为一部长篇小说,你是否觉得它有时候啰唆了些? 我的意思是,在节奏上有时候显得太慢,线索上有的地方显得有点枝枝蔓蔓的。譬如月月的叔叔回乡的事,似乎与主题没有多大联系。

孙：《歇马山庄》确实有许多不足之处。但月月的叔叔回乡这个情节我还是认为很重要。歇马山庄作为一个现代乡村,必定受着种种外来事物的冲击,叔叔是歇马山庄走出去的知识分子,他的回乡实属必然,尤其他的回来,让月月有了对爱情的另一种认识和眼光。实际上,这个情节的出现,也实现了我的另一部分理想,在写《上塘书》时也有过的理想,就是打开狭小乡村世界与外部世界的秘密通道。只不过《上塘书》里的打开,靠的是对乡村世界本质性的认知,而《歇马山庄》中的打开,靠的是月月叔叔向乡下掀开的城市的一角。我想,你之所以一再觉得这个情节多余,可能还是跟先读到《还乡》这个中篇有关。所以我说从长篇中抽出那个中篇,是很不明智的。

姜：我想在这里继续探讨一下乡村政治。林治帮的政治家族化的努力和王书记搞掉镇长的狡诈可以作为乡村政治的最典型的细节了。乡村政治,我觉得在阎连科和毕飞宇的笔下,写得非常深刻,你这本书里是不是也想要意图表现乡村政治?

孙：没有,我没有明确地想过乡村政治。它们进入我的笔下,还是因为它们是乡村生活中很重要的部分。我不知道阎连科、毕飞宇写乡村政治是出于什么考虑,对我来说,可能还是前边说到的存在的方向感。在乡下平民百姓那里,村长林治帮可能就是他们存在的方向,他让他们看到他们通着国家这个血管。同理可证,在村长林治帮那里,乡长又是他延伸的方向和血管。我是说,我写乡村政治,是不自觉地将自己的方向感带到了笔下的生命里,并非有意。这在《上塘书》里更为明显,在那里,上塘人的方向既在电视里又在通向外面的道路上,更在通着外边的通讯中、贸易里。

四

姜:对《上塘书》、《城乡之间》和《街与道的宗教》这三本书,你是如何看的? 你是否曾担心读者会在这里读到很多重复的东西?

孙:《街与道的宗教》是一篇独立的散文,写作时一气呵成,感觉极好。当时陕西师范大学出版社在做一套丛书,是有关作家与地理的,大意是要求写和自己成长相关的地方,也就是情感的地理。情感地理,这说法一下子点燃了我,几乎不到一周,就进入创作状态。那同样是一段燃烧的时光,只不过那燃烧是回忆,是让心灵回到真实的童年、少年,贴着真实的成长经历,不像《歇马山庄》的写作,要在虚构的世界里呼喊、张扬。我对它的喜欢超过了对《歇马山庄》的喜欢，这一方面因为它真正记录了我的成长，一方面因为这次写作让我看到我已经能够微笑着面对以往的苦难，以往的苦难已经化作明媚清爽的文字，那里边的残雪烈日、疾风苦雨通通有了微笑的模样。有的朋友甚至说，这是我最好的作品。它在当年的《作家》杂志上全文发表，反响确实不错。后来，昆仑出版社出"汇报者丛书"，要求前半部分写一点自传性的东西，我只有把《街与道的宗教》里边写到的东西抽出一部分。因为一个人不可能有两个不一样的成长，所以给了你重复感。其实一些东西一旦从《街与道的宗教》里抽出来，就不再是成形的作品，它只是经历而已。《城乡之间》主要是一本小说集。《上塘书》嘛，它是一部纯虚构的小说，和前两本没有任何重复之处。这三本书，《上塘书》和《街与道的宗教》在我心中分量一样重，它们超出了《歇马山庄》。应该这么说，没有《街与道的宗教》的写作，就不会有《上塘书》的写作。在写那本自传体散文的时候，我对乡村有了新的发现。

姜：对萧红这样的作家，很多人都有意将你与她进行比较，你觉得除了地域的因素之外，你与这位现代文学史上的女作家都有哪些联系？或者说，你是否曾有意地研究过她的小说？

孙：我非常喜欢萧红，在她的作品中，我能感受到真正的荒蛮气息，如果说在文字的乡村中还能找到家园感，也就萧红了。在萧红的文字中能找到家园感，一定有地域的因素，东北乡野的空旷孤寂,是别的地方所没有的,但重要的一点,还是萧红对乡村空旷孤寂独到的体会和表达,她那因为孤寂而四处野跑的童年,那因为野跑而对乡村风土人情深深的爱恋,我那么熟悉,却又那么震撼。萧红对我的影响不是技术上的,而是情感方式上的,这和沈从文对我的影响有些相似,她教会了我如何艺术地看待乡村。

姜:你对城市有一种情结,从《城乡之间》里的大部分作品也看得出这样的情结,但现在可以基本认定,你是写乡村很为出色的作家,你对乡村有一种执着与厚爱。

孙:对乡村有一种执着和厚爱,这一定是没错的,但说出色,我不敢当,有沈从文,有萧红,我永远不会觉得自己出色。我知道要做到出色,付出一生的努力也未必能达到。

姜:我觉得你在写作过程中,有时候可能过于重复自己了。当然资源的不断开发与不断利用不是坏事,但在这种情况下想要突破自己可能就难,读者有时候也会不认账。

孙:是的,一个写作者写一个地方,最后自己就成了一个地方,读者在看你时就会看到许多熟悉的景观,这倒不是我担心的,我最担心的事是横看不成岭、竖看不成峰,在这一点上,我会加倍谨慎,我会努力在自己的文学地图上勾勒出新的高山峻岭。

姜:最近你有什么动静?下一步准备写什么呢?或者先停一停,两部长篇结束了,可能也该先歇会儿了……

孙:没什么动静,刚写完一部中篇,是有关孤独的主题,写一个癌症患者的最后时光。同样置于歇马山庄这样一个地理环境，那是因为我在一段时间里对孤独深入骨髓的体会，写得不寒而栗，它将发表于《钟山》杂志。2005 年，要写几个短篇，然后把更多的时间用来读书和回乡下走走。

2005 年 5 月 20 日

辑四

冬日

写下这个题目，我正坐在窗口，于孩子轻轻的鼻息中观望外面高高吊起来的日头。入冬以来，大约每天都是这样，或者这么等孩子睡去，一个人静静地坐在靠窗的炕上，似百无聊赖，又似泰然自若，默默地同日头对视；或者孩子并没睡去，正挖挲着小手满世界爬动，无法安置他那颗调皮的心，就将他抱到被垛上，指日头给他看，让他的思想找到归宿，也好安静一会儿，老实一会儿。

无论是同孩子一道，还是一个人看日头，心里的感觉都是一样的。镜片一样的光环，很有节制地收缩着边缘，即使光环之外一圈一圈地放大出来，也不野泼，也不热烈，仿佛罩了一层厚厚的网膜。记不得夏天的日头是否也曾这样，反正总觉得它是把一个火热的人生藏在了那只镜片之后，包容在镜片之后，而对于现实人生，它那么淡漠和冷静，那么理智而严厉，天底下，一切反光都是淡淡的，瓦房脊背，路旁石墙，楼台雕花，没有色彩，见不出笑容。

无论什么生灵,理智常使其失却可爱。但此刻我却这么喜欢日头的情态,它寂静、雍容、永恒,它将自己包裹得紧紧的,俨然一个旁观者在打量着这个世界,无所谓参与,无所谓激动,无所谓哭和笑、爱与恨,一切敏感的触须都被剥离,端行于属于自己的轨道。我无从懂得冬日的语言,却找到了与它的情态极相吻合的心境。

一个冬天没有离开我的小屋,也就一个冬天没有停止观望日头。不是我有心要这么守着它、亲近它,是孩子把我同它拉近,他不容我离开,不容我出走,孩子幼小,外面寒冷,只有一铺小炕是热的,只有母亲最该守着孩子,加上自身的病魔。生了孩子,无端地生出了病,一切都顺理成章地成了这种现状,我便也像一个旁观者似的,远远地打量着外面的世界,打量着大街上川流不息的人流,倾听着市场桥头喧嚣的声音,一切均没有了切肤的体验。由此回想起以往那种热情,那种由热情而生出的欢乐与烦恼,那种由烦恼导致的食不甘味、夜不安枕。真真是一团火热的人生!为一张票子吃亏地花掉,为衣服上一个油污影响形象,为一个不轨的窃笑被别人发现……为着该为的和不该为的种种。

一场病,一个新的生命,把我关进小屋,隔绝了与世人世事的牵扯;一分单纯,独立存在,从未曾体味过的感情时时充填心中。虽是全新的儿女之情,也并不为之大起大落。孩子是一个永恒的

180

存在、永久的慰藉，至少在他还没有独立用思想操纵人生之前是这样的。因而，孩子睡着，孩子醒来，吃饭做饭，生炉子喂奶，一应杂务，统统变得平淡。心可以系在任何一处，也可说，对任何一事都可不去用心机了，心仿佛河面上漂动的草叶，随它漂到什么地方去吧，都不会在意的，真可说是烦恼人生中不可多得的可喜又可畏的境界。

说可喜，是说繁复的人生，人心难得平静似水；说可畏，是说流水不腐，户枢不蠹，小小年纪，却过早就懂得了理智与淡漠，这无异于嗅到了死亡的味道。一边与疾病顽强抗争，一边又企图甘于心灵的沉寂，这岂不是自我戕害？疾病并不可怕，可怕的是对未来的心灰意冷。人活着仰仗一分精神，精神火热才永远年轻，人生才会有意义。

眼睛不曾离开冬日，思想却游丝一样飘得远远的。待收复这些游丝一样的思想，孩子已在被垛上睡着了，小小的眼睛留有一条缝。

于是将孩子轻轻托放在炕头上，见那眼里仍然留有一星冬日的光亮。

就在这一刻，我的心受到狠狠的牵动，母爱在心中萌发：在母亲怀抱里看到的永远是死寂、冷漠和没有色彩的冬日，这绝不是正视新生命的方式！

也正是这一刻，我不再喜欢冬日的情态，我于无边的沉寂之中听到胸间有种声音在哗哗涌流,这声音熟悉而又陌生,它在竭尽全力地呼唤,呼唤着明媚的春天、火热的夏天。

你看,关着我的屋门正在悄然打开。

1992 年 2 月

不敢回"家"

　　第一次对"家"这个字产生印象,是在我能为家做事的时候。那是我七岁那年,刚上小学一年级,我自己到商店买练习本,用剩下的三分钱为母亲买了三块糖,那一天我的手一直放在揣糖的衣兜里,一整下午都盼望回家,回家见到母亲。那时我对家的印象只限于母亲。当我放学走进家门见到母亲时,我的心几乎跳到嗓子眼儿。把糖块儿塞给母亲,我的幸福感仿佛一股巨大的暖流,膨胀在我的肌体里,使我疯了似的撒腿冲向大院,冲向田野。田野的风仿佛母亲的手指,轻柔地拂面而过,那一瞬,我最初体验到向家表达爱的透腹感受,体验到一个人因为表达爱在家庭中的真正站立,体会到一个人只有为家做事,才真正是这个世界的骄傲。

　　然而,随着时间的推移,我一点点长大,"家"的概念也随之发生变化,我的"家"里竟多了奶奶和父亲。其实奶奶和父亲一直就生活在我的身边,不知道为什么到二十几岁之后我的"家"里才有他们。那时我在省文学院进修，疯狂地想家，却只能在省吃俭用之后买回两斤橘子、两斤奶糖。将这点东西放在三位老人面前，看他们没完没了地相互推让，我背过脸去，走到门外，独自一个人站在田野，竟止不住泪流满面。表达了爱，却没有幸福和欢欣，风吹来泥土的气息，无比地酸楚。那一瞬间我想，一定奋斗到这样一天，那一天可以有许多许多的钱，痛快淋漓地表达爱，不管站在多么多亲人的面前，都要找到小时候在流风中感到的那份顶天立地的骄傲。

如今，我的生活并非十分富足，却已能够十二分充足地备足曾经希望拥有的礼物，可是意外地发现，我的"家"在无限扩大，它不只是母亲、父亲和奶奶（父亲、奶奶已去世），它是哥哥、嫂子、侄子、侄女、叔叔、婶子，它是表兄表姐、乡里乡亲，它甚至就是一个偌大的故乡。站在故乡人面前，任何礼物都不能使你找到痛快淋漓的抒怀和顶天立地的感觉，他们常常用一种充满渴望的目光看着你，问你是不是经常见到市长，问你是不是经常开一些非常重要的会。他们的目光执着、专注，因为藏着深深的期盼，不曾有丁点空灵和闪烁，他们的目光有一种仪器一样的穿透力，让你心里生出慌乱、不安，直至愧疚。因为你从那里看到两种东西：一种是找寻，他们在你身上寻找他们所熟悉的这块土地上走出的家乡游子在外面世界奋斗的光彩，从而作为自己奔生活的根据；一种是希望，他们希望实实在在地沾上这种光彩，改变他们劳苦、庸常的命运,比如找工作,或者牵线做什么生意。那一瞬间,我感到身心的负重:奋斗的不能安歇,"家"和爱的再也面对不起。

人在成年之后,才知道"家"原来是血脉里的关联、亲情里的瓜葛、宗族里的延伸、土地里的联系,而爱则是生命里最坚硬、最柔软的支撑,剪不断理还乱,它遍布生命与生命的每一寸空间,薄如蝉翼,密若蛛网,坚如磐石。然而,不幸的是,如今我能够独自去闯世界,却失去了在宗族亲人面前那种站立的感觉;不幸的是,因为太在乎宗族亲人的看重,爱虽深深地在,却不愿过年,不敢回"家"。

1998 年 5 月 28 日

直发心态

不管是二十几岁需要张扬，还是三十几岁需要包装，我都不曾烫过卷发。一位善于总结生活的朋友说：直发，绝对是一种心态。

起初我并不在意，以为发式的选择只不过是一种生活的随意，不可能有什么内在的根据。后来有一天，在一片被摩丝固定的卷发人群中，被几个泼墨似的顺畅而飘逸的直发吸引了目光，我思想的缝隙里，便一股脑地涌上了几缕关于头发的文字。

跟火和电有关的卷发，初始被人们发现、崇尚直至追求，是人们向已成定局的传统发式的冲击和背叛。可以想象，那些率先将脑袋伸与炉火烘烤的人，肯受短暂的焦热之苦，同传统人群做长期的抛头露面的对峙，需要一种什么样的自知、自信和勇气。那些水花一样生动、波浪一样颤抖的发卷，无异于绿野中的鲜花、仲夏里的风景。卷发初时作为风景被人观赏，用发型标新立异于大众世界,争取世界对自己的瞩目和自己对世界的占有,曾使一个乡下女子望而生畏。记得九年前,一个一直梳着直发、刚进城市不久的乡下女子被两位大城市来的同学架着送进理发店,愣是被逼着把一头直发烫成卷发,同学戏称对她来一次"头发革命",而她回校一头扎进宿舍,用梳子蘸着水一缕缕抻着,直到两天后卷曲的头发略微抻直才肯走进课堂。那个乡下女子是我。

很少有人知道我当时的感受,那种因为有了被众人瞩目的感觉而带来的情绪上的不适,那种因为有了侵占别人视野、空间的感觉而带来的心灵上的不安,是那样深刻地搅动着我的身心。当时,无论是同学还是我自己,都以为我是稀泥扶不上墙,永远不会有什么出息了,为自己这种不能接受现代生活方式的心态,我曾十分恐慌和懊恼,如今我知晓,这正是一种直发心态——总怕因为自己的存在而影响了别人的存在,总怕因为别人的瞩目而破坏了独立的、自我的、能够在喧哗的世界里一直保持内省的沉静姿态。

然而,直发并不永远是对传统、规范、秩序和程序的坚守。有那样一天,女人人人志愿接受一次烫发的痛苦和拓展,鲜花做成的风景吞噬了绿野,鲜花已经不再是风景,绿野由陪衬走向被陪衬,直发由被忽视走向引人瞩目,卷发铸成了新的传统、规范、程序和秩序。这个时候的直发,便是对新传统的冲击和背叛。这种背叛打开了人们心中又一扇审美的窗户,这扇窗户的打开,挖掘了直发长期以来不曾觉醒的对于争取世界、争取自我的自知、自信和自觉,使那种长期稳定的、早已被人们接受的、宿命式的内在自省的人格塑造开始动摇。直发由于初始的被世界的认识,开始放纵自我,直发由于自身价值的再现而膨胀了对世界的攻势;直发开始疯狂。这种疯狂因为长期的自制,像决了堤的洪水似的一发不可收拾,根根发丝仿佛突遇风暴,摩丝下的卷发钢丝般坚定不移,直发因为舒展爽直而飞散无阻,直发因为飞散无阻不设防地缠上了一棵绿树,漆黑的发丝同翠绿的树叶息息纠缠,那生死不分的样子仿佛传递着机缘似的承诺,树葱茏,发葱茏,你迷恋、沉醉,不忍离去。直发,原本古老而传统的率直率真,反过来充当了打破古老和传统的角色。羞怯之中,你惊醒,你快刀斩乱麻,风也似的远去。

人类最初的发式是直发,人类最初的直发是混沌初开之时无拘无束的自然状态,是人类的不自觉的选择,它从无度走向有度,偶尔的洒脱,亦不免在阵痛中重新走向规范。

如此,你不知是树斩了头发,还是你斩了树;不知是树斩了你心中的乱麻,还是你斩了原本充满生机的生命;更重要的是,你不知是传统的直发遭遇了现代的勇敢,还是你用传统的勇敢割断了现代的直发。

树与直发的缠绕与割断,只是一片风景。

树与直发的缠绕与割断,绝不只是一片风景,它给了生命现象以深刻的揭示,它让传统与现代几次三番地相互移位,让你执着、困惑、追求、怀疑,让你在异常活跃的思索中,把眼睛置于自己脑后,敏锐而冷静地洞察自己的在万变之不变中从不被药水浸泡过的直发。

直发,仅仅是一种心态。

直发,绝不仅仅是一种心态,它是思想、意志、理想、生命的全面展现。

1995 年 7 月 17 日

我的稻草时代

　　从我家房后屋檐下的小道一直往西走，越过二娘家，越过毛泽东思想大学校，就是草包铺了。草包铺，顾名思义，织草包的铺子，是当时生产队的副业。草包铺和我们家属一排房子，只不过中间隔了二娘家和毛泽东思想大学校，只不过二娘家和毛泽东思想大学校之间，又隔了一条胡同，区别了集体和个人。其实当生产队这个集体里诞生了织草包这种副业，那个用来学习毛泽东思想的地方就已经不叫毛泽东思想大学校了，而叫生产队。也就是说，当举国上下纷纷从"以阶级斗争为纲"转到"以生产建设为中心"，生产队也便成了纯粹的权力中心。当然，毛泽东思想大学校也是权力中心，我是说，当生产队这个集体不再天天学习毛泽东思想，变成了纯粹的搞生产建设的权力中心，草包铺便成了中国最小的权力中心的附属品。

　　说生产队是权力的附属品，并不是说它的诞生是由生产队这

190

个权力集体操纵的，也不是指它们同在一个院子里，而是说在草包铺纺织的人，除了根正苗红的贫下中农子女，都与权力有着亲缘的瓜葛。

在我十七岁那年辍学回乡的时候，因为出身不好，又没有亲戚在生产队，使我对草包铺里的劳动充满了向往，这向往充斥着我的白天和夜晚。白天，每从房后屋檐下的小道经过，我都要在草包铺窗外驻足探望。隔着窗户，我看见那里的机器排成两排，一排是纺绳机，一排是织包机。纺绳机转动起来，仿佛纸做的风轮转在风中，织包机来回穿梭的样子，仿佛一只小鸟啄着稻草衔来衔去，真正是一派热闹景象。因为草包铺常常加班，夜晚，吃罢晚饭，我就站到自家的院子里，倾听那里发出的悦耳的声音，吱吱扭扭，咔嚓咔嚓，那声音本是白天里就有的，但因为白天更多地享用了眼睛看到的场景和画面，而忽视了声音。那纺织的声音，飘荡在夜晚的空中，便有了格外的韵致，是既近又远的。近时，仿佛一只庞大的乐队就在现实的身边，远时，乐队不复存在，仅仅是遥远而悠扬的旋律弥漫在云端。而无论是近还是远，都是一个诱饵，诱惑着你的欲望由现实出发，向着虚幻飞翔。尤其，当夜里九点多钟，草包铺下班了，机器的声音让位给女人们的声音，女人们叽叽嘎嘎的声音在夜空中飘荡，穿破我的耳膜，那个草包铺里的世界，在我心里，简直如同人间的天堂。

事实上，我对草包铺那份活路的向往，是对女人世界的向往。

那时候不叫女人，而叫妇女。那时候我对妇女这样的叫法十分反感，觉得称得上妇女，就与男人有关系了，而与男人有了关系，也就不洁了，不纯了。我向往的世界，并不是向往长大成妇女，恰恰相反，是向往回到学生时代女生们在一起的纯洁友情，向往再次回到女学生那样有着贴心贴肺友情的集体。我是说，当我不幸辍学，被出身和权力抛到草包铺外边的大田，与整天说着粗话的男人们一起搬着沉重的泥土、流淌着轻佻的汗水，就觉得终日待在屋子里打发时光的草包铺，就是单纯、纯洁的女生们彼此贴心贴肺的学堂。

进入草包铺，还是辍学半年之后的事情。当水利被说成是农业的根本命脉，草包自然就成了水利的根本命脉。没有草包来装沙粒、石子，哪里修得了水库，而没有水库，哪里谈得上水利。我是说，当上边任务催得太紧，十几人纺织远远完不成任务，我便不得不被织草包这个职业"一网打尽"。

我曾在一篇文章里写过，一个人在遥想一个世界时，因为投注了更多的设想和想象，你是无法把握你与这个世界的关系的，你只有走进这个世界，与这个世界有了实质的接触，才能把握你与这个世界的真实关系。事实上，我与草包铺的关系，与想象中的模样毫无关系，那只是我与纺绳机的关系、与稻草的关系、与王凤清王宝珍的关系、与掌管分草权力的草老大的关系。

我被分配的活路是纺绳，是草包得以成为草包的初级阶段。

192

绳如同织布中的线,织布中的线并不是与生俱来的,需要用棉花纺,而用来织草包的绳则是用稻草纺出来的。在纺绳这项劳动中,机器很重要,没有机器,绳无以成为绳,可是每人一台机器,分给你,已不可更改,稻草就变得格外重要了,没有好稻草,也是根本纺不出好绳的。

这就是我的稻草时代的开始。我认识到我与稻草之间关系的重要,认识到稻草的重要。那是一个下午,也是我进草包铺的第一个下午,草老大站在门口,大声喊:分草啦——草包铺的女人们于是端了马蜂窝一样,嗡的一声倾巢出动。草老大原名刘吉忱,是草包铺的头儿,也是生产队这个权力中心的一员。女人们是疯了一样向大墙外的草垛跑去的。事实上跑与不跑,与分到什么样的草毫无关系,因为在你去之前,一堆一堆稻草早已按草老大个人的意志分好了,每个人都有自己的序号,不可更改。但是因为草的好与不好,与纺织的速度和质量关系太大了,女人们太渴望看到自己的运气了,疯跑便成了分草时每日必有的行为。

了解到我分的两捆稻草不是好稻草,还是身前的王凤清告诉我的。它们通过两个吃草的机器嘴子吃进去,一经拧到一起,立时断开。见我的绳一尺一断、一尺一断,因需要不断从嘴子里抽出稻草,两手弄得满是油污,王凤清便从她的草架上抽一把稻草递给我,同我的草做比较,并让我当场实践。是这时,我了解到好稻草与坏稻草的区别。它们的区别原来在叶子和骨节上。好稻草叶子宽大肥盈,它们用肥盈的叶面紧紧裹住了躯体,而它们躯体上的骨节连接结实,没有丝毫断裂。不久我就知道,其实好稻草正是那些没有结出饱满米粒的躯体,它们因为在成长中没有充分发挥能力,使它们躯体里尚存留着韧性和耐力。而坏稻草不同,它们在漫长的成长中奉献了所有的精气营养,它们头上的米粒将躯体里和叶子上的水分点滴抽干,使它们叶子憔悴,骨节肿大。在那个大米奇缺的年代,坏稻草结出了饱满的米粒,或者说它们因为结出饱满的米粒才成为坏稻草,我本该感谢它们才是,可是在草包铺里,在我的稻草时代,我已经难能做到。因为它使我手忙脚乱、焦头烂额,它破坏了草包铺曾给予我的最初的梦想。

王凤清不但让我辨别了稻草的好坏,还让我知道她为什么会得到好稻草。事实上在草包铺里,仅五个人能得到好稻草,她们是王华、李淑艳、王凤清、王宝珍、迟玉梅。这五个人中,王华和李淑艳似乎是理该应当,因为她们一个是队长的女儿,一个是会计的女儿。而其他三位得到好草,属不正常。据王凤清讲,迟玉梅得到好草,是因为跟草老大好,和草老大有一腿,王凤清和王宝珍得到好草,是因为她们厉害,会骂人,她俩曾合伙把草老大骂了个狗血淋头。草老大其实已五十多了,跟二十岁的迟玉梅有一腿,并因此毫不掩饰地分她好草,骂也是该骂。不过能口无遮拦地骂人,也不是谁都能做到的。后来我知道,王凤清向我诉说真情,并不是教我也像她那样骂草老大,那些没有在成长中发挥能力的好稻草毕竟有限，有了我的，也许就没了她的，她只是为了表达自己的成就感。那样的年月，在那样黑暗的屋子里，不是谁都可以拥有成就感的。但我得承认，在当时，她对草老大的谩骂，对我是相当重要的，它使我焦灼的心情得到缓解，抽丝一样将我心底莫名的愤怒抽走，使我在每天分完草之后的时光，不管多么恼火，最后都能渐渐平静。

好稻草对我十分重要，可是当我得不到好稻草时，友情对我更加重要。然而，那只是最初的事情，时间一长，当我总也得不到好稻草，王凤清的友情便不再起作用了，因为它总归解决不了实际问题，总归挡不住我要得到好稻草的欲望。当一天一天下来，我的绳纺得又慢又粗糙，我便陷入了一种难以说清的郁闷。

我的郁闷是双重的，原本我有着远大的理想，我的理想是念完初中、高中，考上大学，离开乡下，到外面的世界去，可是因为家庭突然的变故，我没有实现那样的理想。如果说这是命运，人都有自己的命运，我总不该在远大理想实现不了、回到生产队草包铺这个狭小的世界时，连得到一捆好稻草的理想都无法实现，总不该！可以想见，当我由渺小的理想联想到伟大的理想，再从伟大的理想联想到无法实现的渺小理想，我的心情会多么糟糕。我的心仿佛一个被泥墙堵住的洞穴，没有一点缝隙。然而，奇怪的是，当我因为一捆草而心情无比糟糕时，我并没有放弃对好稻草的念想，我对它竟更加着迷。

那是进草包铺一个月之后的日子,我因为总得不到好稻草,在上下班的时候,不走房后屋檐下的小道,而是绕到前门,专从生产队堆放稻草的大草垛经过。而每走到草垛旁边,都要长时间站立在那里,打量那些叶子肥盈的稻草。在那座草垛的横断面上,好稻草一下子就能进入我的眼睛,它们被坏稻草压扁,只露那么一个肩膀。它们对我的到来毫无反应,它们在眼前的晃动却让我心跳加速。那个中午,当我故意绕到草垛旁,观望那些好稻草,我的心跳骤然加速,以至于感到脸和脖子火烧火燎的。一个在此以前从未有过的念头,就在这时突然冒了出来。我看定一捆稻草,向它走去,我在走到那捆稻草时四下张望了一下,见四周无人,便立即抽出一捆,撒腿就跑。

　　我得承认我干得很漂亮,我成功了。我把它送进水缸润了润,润软后,当天下午就放到我的草架上。可是,一捆好稻草还是太耀眼了,它放在了一个不该得到它的人的草架上,比放在王凤清的草架上要耀眼一百倍。它很快就被草包铺的人发现了。显然,王凤清洞察了我的行为,当有人问我你哪来这捆草时,她站出来,说,我给的。

　　我曾说过,稻草重要,友情比稻草更重要。我曾说过,友情重要,可是稻草对我依然重要。当我喜欢上好稻草而再也不敢去偷好稻草,对好稻草的喜欢,便只有借助夜晚了。在那样的夜里,无论是睡前还是在梦里,好稻草都在我的眼前搔首弄姿。它飘逸,它不是一捆，也不是单棵，而是两棵。它是从两个不同的嘴子里进入机器的嗓子眼，最终又拧到一起的。那时，我因为偷过一捆好稻草，在一个下午尽情享用过好稻草，用好稻草纺绳那种美妙的体验已经注入我的身心。我因为深入骨髓地尝到了使用一捆好稻草的滋味，使夜晚里的回味有着生动的画面。稻草的叶子舞动着肥盈的翅膀，它们握在手中是那么蓬松暄软，有着某种不可抗拒的魅力，就像一个美丽的少女舞动着漂亮的裙裾。而一旦进入机器，一旦两棵拧到一起，便变成一条蛇，一条光洁、润滑的蛇，在视线里势不可当地缠绕，转动。关键是，那样的蛇体态均匀、细腻，关键是它从来不断，而最最关键的是，当你再也不必担心绳子会不会断掉，或者说你相信绳子肯定不会断掉的时候，你会生出自信，它由你的内心出发，最后走向全身。那种自信，对长期以来备受压抑的我多么重要啊。它会让你终于有机会抬头，看到窗外的蓝天，蓝天上的白云。你会因为看到了蓝天而对未来萌生窗口那么大的希望，那希望虽然也不是什么，只是窗口上的一星光彩和明亮，但它对我真是要多重要有多重要！

可是，你知道，当自信只能通过夜晚来回味，自信便是一个脱壳的金蚕，只剩下一个空空的梦幻。一经醒来，原形毕露，自信便不复存在。

在没有自信的日子里，有一种东西仿佛病毒一样浸入了我的肌体，它让我对我的出身开始不满，让我对我的性格开始不满。

我常常想，如果我奶奶的弟弟不是"国民党战犯"，如果我的二大爷不是"国民党兵"，如果我的父亲不是经商的，没有被打成"投机倒把"分子，如果我的四叔、五叔不是因为跟"国民党战犯"的舅舅通信最后被打成"反革命"，我何至于陷入如今这样对一捆稻草的欲望之中？我常常想，如果不是很小就受到奶奶封建家长式的管教，要我们凡事必须为别人着想，如果我的身上不是延续了母亲性格中的懦弱和忍耐，能够像王凤清和王宝珍那样随时都可以为生活中的不公大骂出口，我何至于被稻草折磨成这样？

病毒在我体内流动的结果是，使我对掌管着分草权力的草老大生出憎恨，这是可想而知的局面。我常想，他为什么不能公平待人？我不但恨他，还恨迟玉梅，她为什么要跟草老大有那么一腿？

对于权力的憎恨，就这样始于我的稻草时代。它使我认为，凡是权力，都是不公的，凡是权力，都是可以插一腿的。但我的憎恨是不彻底的，我是说，我在憎恨握有分草权力的草老大的时候，常常想，有一天，要是我也有了分草的权力，我也像他那样，想分给谁就分给谁，不管分给谁，就是不分给迟玉梅。

事实证明，对权力的崇尚也始于我的稻草时代，它由憎恨开始，或者说打着憎恨的幌子，如同大帽子底下开小差儿，是所谓恨极生爱，或爱极生恨，是剪不断理还乱的。但我想我是无辜的，这是现实对我的启蒙。现实发掘了我身上的弱点，那正是人性的弱点。

不管憎恨还是崇尚,它们只在我的思想里、情感里,它们只是我身体里的现实,在这样一个身体里的现实外面还有一个现实,那就是稻草,一捆叶子茂密、身体柔软的稻草。它们看上去细而又细,小而又小,而实际上却无比强大,它强大得和草包铺外边的天地融为一体。夏天,当闷热从空洞的窗户鱼贯而入时,它发酵它们,使它们变成凄风苦雨;冬天,当寒冷随草包片子挡着的窗户冲撞而来时,它加猛它们,使它们变成冷却人心的片片冰霜。

在我心里、身外都透骨地寒冷的时候,一双友情之手再一次向我伸来。它不是王凤清的,而是王宝珍。王凤清常有对草老大的污骂,但对我已经不起作用,那样的安慰多了,只能增加我耳膜的厚度,使耳膜起一层老茧。因为那样的语言,说到底不是润滑剂,而是钢筋木塞。王宝珍给我的友情是温软的、温和的,她也会骂人,但她不会从中找到成就感,原因很简单,她是跟在县城工作的父亲下放到农村的,她心里装着比草包铺大一百倍的县城。回不到县城,她哪里会有成就感? 骂人,只不过是她对现实的抗争和反抗。我是说,她心里装的从来就不是草包铺,而是外面的世界,这和我简直是一拍即合,和我曾经的远大理想一拍即合!

记不住是在什么时间和什么场合拍到一起的,反正,我们真的就拍到一起了。我们谈到我们的理想,我们的理想是每天换上工作服,在一声铃响之后走进工厂大院,然后跟闪着机油光的机床在一起。草包铺算什么？只不过是一个暂时的停靠站，就像一只船停在了避风港。避风港而已。她这么跟我说，是回乡之后第一个跟我说这种话的人。她说此话，也许搭救的只是她自己，她用幻想来搭救自己。可是那话一经传到我的耳边，真正搭救的却是我。是她把我的目光从稻草上移开，引向窗外，引向遥远的天边，让我拥有了向远看的眼界。那个远处，本就在草包铺外边，可是你若去看，用不着通过窗口，那个远处，无须用眼睛，事实上，它就在心灵的前边，只须用心灵抵达。也就是说，当我坚信，总会有那么一天，我会离开这里，到遥远的外边去实现自己远大的理想，眼前的一捆稻草真的就不觉得算什么了。它算得了什么？它哪里是什么理想！

心灵的道路需要用心灵浇铸，如同我跟王宝珍之间的友谊。我们用心灵浇铸了友谊，如同我们用心灵浇铸了前方的道路。此时，我与王宝珍之间的友谊，完全超过了我和王凤清的，也超过了她跟王凤清的。因为王宝珍的纺绳机在我的后边，我的目光常常要跳离纺绳车，回过头来。我们细小的声音常常从巨大的机器声中跳将出来，飞进彼此的耳朵。当我们用心灵探望前方的道路时，两颗心自觉不自觉地就印在了一起，叠在了一起，压在了一起。到后来，她居然会把分来的好稻草与我合用，一人一半，每天如此，完全一副有福共享、有难共当的派头。

原本，我用虚幻的理想抵御了现实的痛苦，却想不到，当虚幻的理想缔结了我跟一个人的友谊,它居然会化成一捆实实在在的好稻草,从而解决我实实在在的问题,这太让我意外了。

这是我稻草时代美妙时光的开始吗?我因为无意的努力,不期然地拥有了一捆好稻草。我的好心情,来自一捆好稻草,而一捆好稻草,则来自稻草之外的理想、来自理想之外的友谊。它们相互作用、相互生长,缺一不可,它们在那样的时光里对我的鼓舞,如同窗口的北风对屋子里微尘的鼓舞,我的心几乎要悬起来了。

然而,做梦也想不到,那诞生在草包铺里的美好日子,不久之后就烟消云散了。那些天,乌云怎样涌满了我的天空,我丝毫不知。事实上那些天一直阳光明媚、晴空万里,那些天,日光透过草包铺的前窗照射进来,竟然能够清晰地照见稻草带起的灰尘在空中的舞动。事实上那些天我心情好极了,我的好心情因为天气,因为王宝珍与我分享了好稻草,更因为在王宝珍的感召下,草老大居然良心发现,也分了我好稻草。

后来我才知道,自以为草老大分我好草是被王宝珍感召,是多么愚蠢而肤浅。因为这种愚蠢而肤浅的自以为,我在那几天里纺绳的动作居然愚蠢地夸张,我把叶子蓬松的稻草握在手中,每抽一次,都缓缓地将胳膊伸得长长的,让那松软的稻草在手中涩涩地划动,之后轻轻一抖,灰尘立即满屋飘扬。是这飘扬的灰尘弥漫了王宝珍心灵的天空吗?是那夸张的动作划破了王宝珍心底的平衡吗？我不知道。反正就是那一天，当我一边怀着喜悦的心情享受着我的好稻草，一边回过头来跟王宝珍说话时，我看到她的脸突然就阴了下来。她不但不回答我的问话，且看都不看我一眼，她紧绷着脸，一直不抬头。我一下子就慌了起来，我不知哪里出了问题，我不知道曾经贴心贴肺的王宝珍，何故一连多天都不再呼应我发出的友好的信号。

那些天里，草包铺里有了不祥的气氛，我能感知，我与王宝珍之间的关系吸引了所有人的注意，我能感知，所有人都知道我俩关系变化的原因，就我不知道。因为她们在不时的交头接耳之后，总露出会意的神情。

到底发生了什么？

事情是在第三天露出端倪的。第三天下午分稻草的时候，王宝珍和草老大吵了起来。王宝珍指着她的草堆，又指着草老大，说，今儿个，你不把草重分干脆，不行！这时，我才发现，我和王宝珍的稻草彻底换了个儿似的，我的两捆全是好的，她的两捆全是坏的。也就是说，在我分得好稻草时，王宝珍就不再有好稻草了。草老大面目很横，他坚决不认为他有什么错，他说，凭什么老得分给你好草，凭什么？王宝珍毫不让步，说，就凭你天天给迟玉梅好草！草老大说，那没办法，她是俺将来的儿媳妇，有本事你找个老公公来当头儿。

整个吵架的过程，没有一句话跟我有关。但两天后，我才知道那天吵架流露出的信息所涉及的事物的核心，是与我有关的。那便是，草老大一直在小镇摆摊修自行车的大儿子，在我的大哥的帮助下，进了我大哥所在的农机修配厂当了临时工。因此，迟玉梅才肯吐口答应做草老大的儿媳妇。而迟玉梅做了草老大的儿媳妇，有关从前插一腿的说法也就不消自灭，因此，草老大就可以理直气壮地使用权力。其实这些信息，几天来早已在村子里传得沸沸扬扬了，唯我沉浸在友情与好稻草的双重幸福中，一无所知。这些信息所涉及的事物最关键的一点是，在王宝珍看来，我的大哥是为让我获得一捆好稻草才帮草老大的，而为一捆草帮一个杂碎，十分可耻。

我和王宝珍的友谊发生了意想不到的断裂，从此我们再也没有说话。那是一段什么样的时光啊，我享用着好稻草，却一点也不觉得日子有什么光亮，我的心闷极了。每天上班，一走到草包铺门口，腿都像绑了石头一样沉重；每天下班，一离开草包铺，心又像缠了麻一样烦乱。我曾不止一次想，如果可能，我宁愿把好稻草还给她，换回我们的友谊。可是王宝珍阴沉的脸，没有使我鼓足那样的勇气。

我们之间的友谊，还是断裂在一捆稻草上。事实上，不到一年，我和王宝珍就都离开了草包铺。她如她理想的那样，落实政策全家回到县城。我，一个偶然的机会考入小镇制镜厂。事实上，我们再稍微坚持一下，友谊就会在我们之间生长出来、伸展出来，就像绳子在纺绳机上的生长和伸展，一圈一圈缠绕出我们光洁润滑的人生记忆。后来我知道，这是不可能的，这只是我一厢情愿的假想。在我的稻草时代，我们的心灵因为过于贫瘠，无法不把目光凝聚在一捆稻草上，而只要把目光聚集在一捆稻草上，将营养输入了眼前微小的事物，我们的友谊也就长成大骨节的稻草，一经拧到一起，便被生生扯断。事实证明，在我的稻草时代，稻草所承担的力量已经远远超出了稻草本身，那由稻草所纺织的已经远远不是什么草包，而是一个乡下青年的全部梦想。然而，正如那些奉献了精气和营养的坏稻草那样，正是因为在青春年代经历了压抑和心灵上的苦难，才有了我后来的日益丰硕的创作，它们使我拥有了真正的积累，使我过早地懂得了什么是生活。

为了头上那个米粒，骨节再肿大、叶子再憔悴，又有什么呢？

2002 年 12 月 8 日

北北的内陆究竟有多大

认识北北是在鲁院，她住我隔壁。住在我隔壁的北北最初不叫北北，而叫林岚——她的门牌上就是这么写的。我不知道一直以笔名发表作品的北北，在文学院这样文人聚堆的地方，看到自己不为人知的另一个名字是什么感受，是否就像一个声名显赫的富翁在异地他乡遇见了自己穷时的熟人。这比方一定不准确，我的意思是说，在北北和林岚之间，其实有着一个巨大的空间，如果把这空间看作陆地，那么北北和林岚一定是这陆地上的两种植物，因为在接下来的时光里，北北，不，林岚，在我心中一直是两个人，而不是一个人。

先说林岚，她给我的第一印象是漂亮、艳丽，摇曳多姿的漂亮，有些另类的艳丽。女人的漂亮，不是每个女人都能喜欢的，但我例外，原因大概因为我不漂亮。但艳丽不是我能接受的，这倒并不因为我艳丽，而是我不喜欢生活中的舞台感。林岚的艳丽有舞台感,比如她上课时可以穿粉红色的毛衣、飘逸的披肩,偶尔地,耳朵上戴着大大的耳环。关键是,她在这样的装束上往往要配以活泼的动作、清爽的表情,这样的表情反射到别人身上,是几缕朗照、几缕明亮,这就有了几分咄咄逼人的气势了。林岚穿衣服几乎没有障碍,我佩服没有障碍的女人,自信就是美,但无论我理性上怎么佩服,怎么看重自信,感情上都觉得不能亲近。因为她的装束特别容易让人觉得时尚。在这一点上,我似乎有点怪:非常渴望时尚,可是当自己时尚不了时,就拒绝别人的时尚。

林岚给我的另一印象是,她不愿与人交往,而一旦交往,又出语坚硬、陡峭。在认识她之前,我还从来不知道一个人说话会这么陡峭,字一个一个蹦出来,没有尾音、没有语气,前无来者、后无古人的样子。她说话往往出其不意,有些生愣,反应慢的人会一下子找不到北。比如,当有男同学见她妖娆多姿又不能亲近,无奈地说"你穿给谁看"时,她不会借势顺情,随口说"给你看呗",不,她绝不那么说! 她会突然冒出一句,"难道是给你看的吗? 我自娱自乐"。这还不够,当她的漂亮和时尚引来许多男人的倾慕,她往往一句话就把你撞到南墙。为了撞跑对方,她不惜损害自己,说"我都是个老女人了",或者"我都是老妖了"。最初,我以为是她对某一类追逐者反感才如此说话,可是几个月过去了,发现她不管对谁,一视同仁,一以贯之,坚不可摧。有一次,一个同学借拍照之机把手放在她的肩上,她竟像碰了蛇似的,敏感得迅速抽身,连说不可以这样。她目光之惶悚、表现之激烈,让我想不通:她那么在乎自己的装束,希望有人悦己,却又那么抵触悦己者的表达,这实在有些不可思议。我不是说女人穿衣都是为了别人,但她让我看到,这根本不是一个时尚女人所为! 这实在有些传统,或者说古典。林岚后边,其实还站着另一个人,她是北北。

北北是在什么时候从林岚那里脱身的,我不知道。在我这里,当我跟这个漂亮的女作家有了交往,她就已经不是林岚了。在我这里,她成为北北,即源于她的让我想不通的表象——我已经隐隐感到这表相后面有一个神秘的什么,它引起了我的兴趣和好奇,当然也源于日久相处的一些细枝末节。可到底是什么样的细枝末节,我已记不清。但有一个晚上,让我永远不忘。那个晚上,在我的房间里,我们有过一次难忘的谈话。那时,她的语言不再坚硬,但依然陡峭,语音依然短促,但这短促一点也不影响她把内心袒露得深远。她说,她常常会在半夜里,从噩梦中惊醒,之后是长时间的恐惧。她说那噩梦多半是跟父母有关,跟亲人有关,跟父母、亲人的生命有关。所以不管白天还是晚上,恐惧一直伴随着她。这句话怎样打动了我,只有天知道。我至今不忘,灯光下她憩栖在眼仁深处的忧伤的神情。一个在白天里飘逸、有着舞台感的女人,一个无论何时何地看上去都无比活泼、轻松的女人,对亲人的牵挂居然深入了她的睡梦,对生命的悲剧意识居然深入了她的身体。那晚过后,再看北北,一下子就不一样了。你会止不住想,她着装上强烈的艳丽、富有冲击力的舞台感,是不是正是为了荡涤噩梦带来的恐惧呢?她看上去的反射别人的几缕朗照、几缕明亮,是不是正是梦醒之后渴望从阴影中走出来的自救呢?这么想,不由得对她肃然起敬。要知道,一个女人,要做到这一点,需要多么大的理性和能量——起飞和降落都源于自身,就像一架航母。

她的内陆究竟有多大?

从不把悲观情绪带给大家,从不把心底的脆弱露给大家,北北说,她喜欢独吞痛苦。她是一个小镇孩子,虽不是家里老大,可是多年来,在一个人往外奋斗的同时,她承担了父母以及家人的所有梦想。说这话时,她的目光又弥漫了忧伤。说真的,要不是往深处交流,你根本看不出她承担过什么,那娇嫩的样子让你觉得不把自己的梦想寄托在别人身上就是好家伙。

她告诉我,之所以取名北北,是因为从懂事起就喜欢北方。在她的概念里,北方似乎代表着豪爽大气。因为在慢慢走近,我确实越来越看到她性格中的豪爽大气。比如在朋友情感出问题的时候,在同学因为误会造成纠纷的时候,她都会不顾个人利益毅然站出。在延安的清凉山,当听说一个十几岁的男孩没有钱读书,她居然不假思索地慷慨解囊。虽然过后才知道是受了男孩的骗,但她对别人疾苦的在意和同情,因为在意和同情而做出的迅速反应,实在不是小女人所为。北北不是小女人,这是毫无疑问的,这不光指她豪爽、乐于助人,还有她性格中的另一层。比如她漂亮,却没有一般漂亮女人因为被宠坏了而一事当前总喜欢占上风的毛病。可以说除了穿着,很多时候她愿意把自己当成中性,或者说她宁愿远远地躲避着追逐。仿佛守护的东西比任何随时到来的女人的小感觉都重要。不知为什么,我一直觉得她在用退缩的方式在内心里守护着一份在她看来无比神圣的东西,就像她一直用夸张的服饰来荡涤噩梦带来的恐惧一样。

北北的内陆究竟有多大,这是我永远也说不清的。这么说,并不是像雨果说的,比海洋宽广的是人的心灵,不是。我是说,一个白天里飘逸,洋溢着强烈的舞台气息,以至于让人觉得有些另类的女人,一个敏感、略有些神经质,一到晚上就做噩梦,以至于常常感到恐惧的女人,你不会想到她居然是一名机关干部!北北的工作单位是省委宣传部,她在宣传部供职并办一份宣传杂志。在我这里,把她的白天和晚上都加起来,也仅仅是一个自由散漫、常常被自我感觉统治的作家而已。但事实上,她不但是一名优秀的机关干部,还是一名优秀的党刊负责人。鲁院毕业后,北北发过我一篇纪实文章,寄来过一份杂志,那上边,明明写着"副主编林岚"的字样。看着"林岚"两个字,我一下子愣住,我早就忘了北北原来叫林岚了……于是我拨了电话,接通林岚,可是说话的依然是北北。因为她陡峭、活泼的嗓音没办法不让你联想到她的以往,以至于她给你的感觉简直比你还自由、还自我。角色在瞬间里的转换真是让我目瞪口呆。现在，她又做了一家大型文学刊物的副主编，她又写出《家在厕所》《晋安河》等系列优秀小说。她既能做好杂志，又能写好小说，这一点我一点儿都不怀疑。因为我说过，我永远不知道北北的内陆究竟有多大。

2003 年 7 月

朋友刁斗

刁斗是我的好朋友,那种"值得像珍惜眼球一样珍惜的好朋友"(刁斗语)。与刁斗做成朋友,在我这边,最初仅仅因为他的一句话。那句话发表在《作家》杂志上,是一篇有关小说创作的短文。他说:"我对生活要求不高,只要有面条吃,有自行车骑,就可安心写小说。"这句话现在看来没有什么,很多作家就因为写小说卖版权而过上富裕生活。但在当时,上世纪90年代初,市场经济使文学一夜之间失去了神圣的光辉,让人们觉得只有傻瓜才去当作家,这句话无异于一句甘于做傻瓜的宣言。当时我在县城里,正孤独地守候着对文学的忠贞,这句话对我影响到底有多大,只有天知道,我差一点就和另一个爱好文学的朋友去沈阳找刁斗。

没有去成沈阳,跟要花几十块钱的路费有关,最重要的原因是觉得刁斗是城里人,我是乡下人。我当时对城里人怀有抵触,更不用说还是留着长发、流里流气的城里人。我是说,他说出了

211

那样的话,内心的追求让我尊重,可是他能否尊重我对他的尊重,我没有把握。事实证明,没去找他是对的,因为后来,在北京开青创会时遇到他的妻子,他的妻子于月萍是记者,我们同住一个房间。我们聊了一些天之后,她跟我说:孙惠芬,我改变了对你的印象,我得把这个印象告诉刁斗。

很显然,刁斗最初是排斥我的,就像我排斥他一样。我排斥他,仅仅因为他的出身、他的长发、他的看上去自由散漫无政府主义。他排斥我,倒不是因为出身,而仅仅因为我的为人周到,看上去太认真、太正经。他认为周到是一种圆滑,太认真、太正经的人刻板无趣。而问题在于,我排斥他,还有他的那句话做底——他的追求影响了我;他排斥我,我却没有任何东西影响他。谁知,上天自有安排,上天为我派来了于月萍,我跟刁斗的友情就这样从结识于月萍开始了,从于月萍对我的好印象开始了。

于月萍回家到底跟刁斗说了什么,我不知道,我只知道我们后来最重要的一次见面,是于月萍带刁斗来大连——那时我已从县城搬到大连。也许那次是刁斗带着于月萍,但在我看来,绝对是于月萍带着刁斗。相互排斥的话,自然是不再相互排斥之后说出来的。不再相互排斥,自然是我们谈了很多话之后,比如如何吃着面条就可安心写小说,如何更多地去理解别人。如果把"吃面条就可写小说"看成刁斗的专利,那么就该把"如何理解别人"看成我的专利,因为当他跟我讲述文学在他心中是如何神圣,这神圣的文学是多么需要自由的精神时,我也跟他讲述了我如何变成了他对我印象里那种看上去认真正经的人,我强调我有一个压抑的童年,由于压抑而更多地去观察别人,观察多了就能更多地理解别人,理解多了又反过来压抑了天性。可以想象,由面条打开的友谊比面条长出了无数倍,因为他发现,我也如他一样痴迷文学,即使吃着面条也可以安心写小说;关键是我发现,他虽然没有压抑的童年,可他对别人的理解一点也不比我差,在我说到我往往因为理解别人而压抑了自己时,他说自由被说成是一种精神就一定不是外在的表现形式,而是内心的真实。他显然在试图理解我。那一次,刁斗还说了什么我已忘了,但他给我留下的印象是:他曾排斥我的所有特点,比如认真、正经、周到,都在他身上得到印证。我不知道,我给他的印象,是不是正好相反,是不是我曾排斥他的所有特点,比如自由、散漫、无政府主义,都在我身上得到印证。或者,我们之间的友谊,之所以比面条长出无数倍,是不是正是我们共同具备了对方所拥有的某些从外表看来不具备的东西,不得而知。

由面条开始绕出来的友谊,一绕就绕出十几年。刁斗常说的一句话是:孙惠芬,你在进步。这也常常是我对他说的一句话:刁斗,你在进步。大凡他夸我进步,不是说我读了什么书、写了什么小说,而是认为某些行为有些变化,在他看来是一种解放。比如不再顾及别人怎么想,为自己的内心而活着,因为我常常太顾及别人的情绪。大凡我夸刁斗进步，同样也不是说读了什么书、写了什么小说，而是发现他更周到更多地为别人着想。事实上，在观念上，我从来就不曾保守过，只不过落实到行动上就有障碍，就像刁斗在心里边，从来都没有不周到、不为别人着想，只不过是行为方式给人的错觉一样。友谊，使我们相互更多地开掘自己、发现别人。事实上在你发现别人时，就已经开掘了自己。比如当发现刁斗周到是周到，但在一些事情上从不让步，三遍以上的劝酒，他坚决不配合，他认为想不想喝酒是个人的爱好，强人所难没有道理。要是有人依仗自己有钱借酒耍威风，即使是好朋友，他也会站起来转身离去。受刁斗影响，我确实比过去放开和洒脱多了，当然这并不是说不再顾及别人的情绪，顾及是要顾及，是说一旦某时顾及不到，也不格外指责自己。

　　一份友情得以维系，需要双方的珍惜，因为曾经历过友谊断裂的疼痛，刁斗说他"像珍惜眼球一样"珍惜我们之间的友谊。这句话让我感动，也让我常常提醒自己：要不断进步。因为珍惜友谊的最佳方式是，彼此都在成长。这成长当然是心灵的，精神的。这成长当然需要不断地被对方看到，了解到。所以这些年来，几乎每年，我们都要找机会见面，我们不是刻意要了解对方，它已经变成一种内心需要。我们本是因为"有面条吃就可安心写小说"这样一种情结做的朋友，可是到一起很少谈小说，好像小说就是面条，它已经被我们吃到肚子里了，我们见面只不过是饱食后的休闲。我们谈身边的人身边的事,谈心底里某个角落的暗淡及某个角落的焦虑,甚至包括一些卑微行为和尴尬境遇,甚至包括因为利益的诱惑某个时刻再也不能安心写小说了——要知道,十几年来,我们置身其中的生活,价值体系可是发生了太大的变化。看上去我们说的全是废话,似乎不过是为了消化腹中的"面条",然而这废话里蕴藏的想法和念头已经把我们的内存暴露无遗,因为我们所说的话全关系到如何面对我们的内心,如何面对我们周边的生活。关键是,我们发现,当我们把内心里的明暗抽丝一样抽出来,我们腹中的"面条"不但得到消化,变成了滋润心灵的营养,它还使我们在日后很长一段时间里能够安下心来,发奋创作。

当然,有的时候,我们也要谈一谈小说,这时,就是只听刁斗说了。刁斗书读得比我多一万倍,这绝不是夸张。我做家务的时候,我操着乡下七大姑八大姨的心的时候,我陪孩子学习的时候,我出门旅行的时候,刁斗都在读书。刁斗家有贤妻,没有我身后那一大群乡下亲人,为了自己的事业刁斗不要孩子,刁斗不像我只要一坐车、只要身体相对地面在运动就头晕,最关键的是,刁斗身边不能没有带字的东西。所以谈小说时,常常是我在听刁斗谈,谈他最近又读了哪些小说,确切地说是谈他又读了哪些书。因为刁斗读书非常杂,他像喜欢小说一样喜欢某些人物传记和某些哲学著作、理论著作,我得承认许多时候我根本听不懂,但我还是非常认真,像一个学生。尽管他时常能看出我表情茫然没有听懂,但他一定装作没看出来,小心翼翼绕到一些肤浅的地方,用旁征博引的方式对我进行启蒙,就像一个责任感极强的老师。

刁斗极有责任感,这责任不是指物质的责任,也不是指承担什么精神的重担,是说他希望身边的朋友都成为伟大人物,包括他的妻子。当他发现他的妻子怎么调教都没有成为伟大人物的迹象的时候,他就把目光转移到我们身上。这个我们,是马秋芬、马晓丽和我。去年夏天,我们几人一起去内蒙古,他一路上向我们灌输曾影响了美国文坛的三位伟大女人,希望我们分别成为三位伟大女人中的一位,这三位伟大女人我只能记住苏珊·桑塔格,其他两位我下了一路的功夫,还是没能记住。关键是,当他用已经嘶哑了的嗓音向我们讲述这几位伟大女人时,马晓丽竟然把脑袋伸到车窗外,朝草原兴奋地大喊一声:"看!小毛驴——"教诲被突然打断,刁斗恨铁不成钢地怒视着我们这些朽木,脱口而出了那个著名的脏字,惹得我们先是愧疚,继而忍俊不禁,笑得前仰后合。

尽管,他发现我们全部无望,但他还是重视跟我们的友情,这有点退而求其次的意思。毕竟,我们都是那种有面条吃就可安心写小说的人,或者即使某个时刻也有不安,但见了面,将不安抽丝一样抽出来,小说还是能够写下去;毕竟,我们内心里,装着一大堆消化面条的废话。当然我也发现刁斗并不甘心,他不甘心,不是说对我们还抱什么希望,而是他把希望寄托到我们的下一代身上。马晓丽读大学的女儿就去拜访过他,据说他们谈过之后刁斗无比兴奋,觉得这孩子大有造就的希望;马晓丽的女儿反馈的信息是,跟刁斗叔叔谈话收获太大了。马秋芬的女儿已经在加拿大的麦吉尔大学读书,不但亲耳聆听过苏珊·桑塔格的授课,而且已经是一个优秀的批评家了,无须刁斗引导。接下来的,我想就一定是我的儿子了。

这些话听起来像调侃,但在我是认真的。我是真心地想说,与刁斗做朋友,他给我带来了很大的影响。比如,我记住了苏珊·桑塔格,回来就到书店买了她的书。我自知成不了伟大女人,但为了不失去朋友,还是希望自己在成长和进步。

有朋友使自己进步,这是多大的好事!

2005 年 11 月 28 日

猜测刘宪茹

　　要是你知道身边还有这样的人,他看上去强大,实质很脆弱,他看上去粗悍,本性却细腻敏感,他多年在风口浪尖激荡,心却一直在孤独里漂流,他想做当代英雄,却对未来的生活充满恐惧,他渴望在文学里不朽,却一生都在仕途上旅行,他常说自己心脏有病,却一直死乞白赖地活着,那么他肯定不是别人,就是刘宪茹。

　　与宪茹认识二十多年,他最初给我的印象并不是这样。那时我在庄河文化馆工作,我的一篇小说在《上海文学》发表,因为喜欢这篇小说,他和另一个人开车去庄河看我。他们坐在创编室的椅子上,西下的日光打在了他们的后背上,使他们与我相对的脸有些灰暗。他们脸灰暗,身上的装扮却一点都不灰暗,它们不但不灰暗,领带上的领夹、衣领衣襟笔挺处的布丝还闪闪发光。那次见面的细节、心情,大多我都忘了,比如我们谈了什么,我在谈话中有没有语无伦次,他们又是什么时候走的,我真的一点都不记得了,只有他们衣服上的光穿透了岁月,一直闪烁在我的记忆里。

后来才知道,它们之所以在记忆中闪烁,是我当时太紧张的缘故,我因为紧张而不敢看他们的脸,只顾看衣服。当然,最重要的还是我第一次在这么近的现实中看到男人如此西装革履。后来才知道,他们之所以那么早就西装革履,是因为他们是大连开发区人,宪茹是开发区管委会主任,随同他的高奇志是他的秘书。当时是 1986 年,开发区这个名字就像炸响的春雷一样振聋发聩,不让在开发区工作的人在炸响的瞬间放出奇异的光彩,那是不可能的。

80 年代中期,这是一个让人难忘的文学盛世,陌生人会因为文学这个梦想驱车相见。怀有文学梦想的宪茹在那个时期给了我坚定、有力量的印象,因为一年之后,我的丈夫在沈阳进修回来,无处就业,他毅然承诺帮忙找工作。给我的感觉是,只要我好好写作,身后的所有困难都不是困难。事实上也确实如此,因为他的帮助,我们度过了青年时代最困难的时期。其实当时宪茹自己也在写作,他的《父老乡亲》在《海燕》杂志发表,赢得文坛一片喝彩,他被誉为未来中国最有成就的作家。因为写作,我们常有机会在一起办笔会,那时的他,开朗、快活,领大家唱毛主席语录歌一唱就是半夜,兴奋之时,还要站起来舞之蹈之,简直疯了一样。那就是一个疯狂的年代,大家疯了一样热爱文学,大家因为热爱文学而在一起发疯。但疯是疯,疯够了,还是要静下来谈文学。而只要谈上文学,此宪茹可就不是彼宪茹了,他比任何时候都郑重、庄严,仿佛文学是世界上最伟大、最神圣的事业,仿佛只要谈论它,我们就变得伟大而神圣。因为他动不动就说出这样的话:要为生命而写作,不要为生存而写作。那时,一个因为写作而改变了生存现状的我,并不能懂得这句话的深层含义,但有"生命"两个字在里边,立即就有了朦胧的庄严感、敬畏感,立即就觉得文学里边还有我不曾体察的别的什么。

那时的我,一点都不知道,宪茹的内心里除了深藏着对文学的敬畏还深藏了什么,不知道那闪烁在他西装革履背后的光究竟意味着什么。因为不知道,就在后来的一些年月里,对他并不美妙的现实处境没怎么关心,比如辞职下海,比如离开开发区。不关心绝不意味不知道他的痛苦,我是说那痛苦的深度我的理解无法到达。那时,他再也不是原来坚定、有力量的他了,他常常神情迷茫、飘忽,他依然西装革履,但因为没一张神采奕奕的脸衬托,人显得格外黯淡;他也谈文学,但那时的文学在他那里只是一个供他逃避现实的港湾,他在港湾里沉溺,如同一只不愿上岸的鹅在水里的沉溺。之所以这么说,是我以为,他会就此真正沉下去,沉到文学最深的海洋里,用他相对自由一点的身心,用他的一生来打捞属于他的不朽篇章。可是,不是这样,几年以后,他又缓缓回到岸上。

我一直觉得,一个人只要热爱文学就必须以文学为职业,其实我错了,事情远没那么简单。这里既有命运的摆布又有宿命的安排,宪茹的命运是,他在孩提时代,就怀揣了向外挣扎向上奋斗的理想,在他为理想奋斗的道路上,成为国家脊梁的雄心和写出不朽篇章的雄心同时得到开掘,这样的开掘像两根绳索把他拉向两个不同的方向:一面,让他深信只有进入国家这个血管的动脉才会发挥自己的力量;另一面,让他觉悟只有远离主流社会才会看到艺术的真实面目。痛苦的根源正在这里,我从来没有问过他官场失意是因为什么,但我相信一定是某些跟文学有关的自由、真诚和随意在起作用,比如他为了自己一些真实的感受可以随意地放弃。同样,我也从来没有问过他放弃现实利益,毅然逃到远离现实的港湾经历了什么,但从《原声》那本书里,我看到了他灵魂在深渊里的艰难挣扎。

　　于是,两个宪茹常常在同一个场合相遇,他用文学的眼光看待政治、看待官场时,那里的芜杂和纷繁让他心里堵塞;他用官员的眼光、政治的立场看待文学时,文学的无力和软弱又让他着急。于是,回到岸上的宪茹对如我这样还在水里的文学写作者既充满期望又恨铁不成钢,他期望我们安心待在水里,告诫我们文学是伟大而神圣的事业,值得我们用终生的热情去追求,却在看不到我们拿出惊世骇俗的伟大作品时恶毒地骂我们“文人这东西”。当然更多的时候还是柔软的鼓励,比如 1996 年我刚调大连,作协主席团去星海会展中心参观,身为会展中心老总的他,临走时送了我一个结了一身果实的根雕。接过根雕的刹那,我知道我接过的是他恶毒的期待。我是说,当两个宪茹在一个身体里打架时,他把如我一样酷爱写作的人当成了解决他内心矛盾的砝码,他希望不朽的不是他,而是我们,他觉得只要身边有人不朽,就实现了他的部分愿望。这实在是太恶毒了,我们何德何能,我们有什么本事能够不朽,我们凭什么非得不朽呢!

我一直以为,宪茹把对自己的期待转嫁给了我们,从此便阳光灿烂,眉开眼笑,从此便恢复了80年代刚认识他时那种坚定和力量感,可是不是这样。这并不是说他西装革履上没有了光彩,事实上当了会展中心老总,又当了地税局局长的他,比在开发区时更神气,更讲究;这也并不是说他不再愿意帮助我们,后来身边一个文友生活上发生故障前去找他,他当场就拿起电话帮助疏通解决。我是说,偶尔有机会朋友聚会,你觉得他更加忧郁,更加悲观,死不了、活不成的样子,仿佛世界末日就要来临。他忧郁、悲观,又说不出让他忧郁悲观的理由,他常常不着边际地谈着中东局势、伊拉克战争,骂刽子手的残酷、残忍,骂霸权者的兽性掠夺。有时也阴阳怪气地发着神经,骂自己不是东西,虚伪、虚假、伪善、不真诚。因为不愿受他情绪感染,再有聚会,我常常胡编理由请假缺席。可是一年半载不见他,以为他情绪已经好转,打个电话问候一下,问他最近怎么样,他的回答一下子就把你噎住:不怎么样,心情不好,心脏也不好!

宪茹心情不好,心脏不好,说话的语气却不是蔫蔫的,而是很干脆,很硬气,那样子好像在肯定自己的某种业绩,好像心脏不好是他成就的一桩业绩。比如当你问,怎么又心脏不好啦?他会理直气壮地说,我当然心脏不好,我为什么要好!让你觉得自己很没趣,很讨厌,心情一下子就坏了,就差也坏了心脏。

很长一段时间,我都觉得在宪茹心里不只有两根绳索在拉锯,还有第三根。那第三根,很可能不是什么绳索,而仅仅是一种信念,一种迫切的、希望通过自己改造世界的信念,一种成为改造世界的英雄的信念。那信念也许并不清晰,但它如电钻一样,在他的身体里钻开一个不为人知的秘密通道,它在通向自己致命弱点的同时,还通向人类无限的黑暗、悲观、痛苦、忧患。因为正是它,让他每每看到自己的无能、脆弱,看到社会的污浊、人类弱点的难以克服。当在无奈中屈服了某种势力的时候,当在为了心底的脆弱伪造一种尊严的时候,当看到邪恶的庄稼在地球上疯长的时候,当看到柔弱的生命得不到保护的时候,他的心便掉进黑暗的深渊。那当然要在夜晚,要在夜半钟声响过之后,卧室的灯光也许是亮的,但他的心里漆黑一片,因为这时他看到的自己是一个可怕的自己,是一个自己不愿意接受的自己,甚至是一个令自己唾弃的自己;他看到的人类,也是一个可怕的人类,是一个在进步的趋势下不断地滋生险恶的人类,如同日益增长的汽车在标志着经济快速发展的同时还排放着让地球变暖的碳硫氮氧化物。于是他愈发地忧虑,愈发地恐惧。他恐惧,不在于他看到了自己的弱点、人性的弱点、人类文明的负面效应,而在于他明明看到了这些,却又无能为力。这就不仅仅是恐惧,而是绝望。绝望蚊蝇一样在夜晚飞舞,震动着他的灵魂,吞噬着他的睡眠,侵害着他的心脏,安定片从国内吃到国外,都是一律的无效,唯一有效的是每天必来的太阳升起,因为只有这时,只有眼睛里的黑暗被日光赶走,心灵里的黑暗才渐渐消失。它也许根本没有消失,只是退到了远处或者脚下,就像正午时刻电线杆的影子移到了自己脚下。太阳升起来了,一切都要去面对,去打点,要工作得忘我,就如毛泽东说的要奋斗就会有牺牲。忘我是他最想要的境界,因为只有这样,才会真正忘掉夜晚的黑暗,才会觉得一切都不曾发生;牺牲是他每天都要面对的挑战,只不过牺牲的不是身体,而是情操,比如善良、真诚、正直,但这远比牺牲身体更让人难以承受。好在有忘我做铺垫,牺牲时并不自知。工作是一个巨大的链条,你身在其中,就有了链条的形状、承上启下的本能。然而,事情的奇怪在于,不管他多么忘我,只要有链条外的声音撞进来,哪怕一个电话,他就会迅速从链条里抽身,看到自己脚下的影子,重温夜晚里的黑暗。仿佛他觉得,你已经看到了他的影子,他必须如实招来,类似坦白从宽,于是,他一定是坚定而干脆地说,不怎么样,心脏不好。

我不知道,宪茹说自己心情不好,心脏不好,是不是想让人们知道他夜晚里的黑暗,是不是想告诉人们他有这样的夜晚:他宁愿把自己囚禁在黑暗里,宁愿看自己遭受某种信念的拷问,或者说,局外人似的看自己遭受信念的拷问,对他是一种崇高的享受?我不知道。我能知道的只有一点,没有人理解他,他很悲哀,因为他往往什么也不说就放下了电话。于是,可以想见,这之后的另一些夜晚,孤独怎样像钻进地下的豆虫,一屈一伸地啃食着他的睡眠、他的心脏。

　　以上是我的想象,没有任何根据,但我宁愿相信就是这样。原因很简单,有一天,我给他发去一条短信,说你应该写一部中国版的《荒原狼》,他居然欣然接受,他说是,我就是一只荒原狼。《荒原狼》是德国作家赫尔曼·黑塞的作品,主人公哈立是一个富于正义感的作家,了解时代的病症,却又找不到出路,灵魂深处充满矛盾,自称是一只狼,一只野性而又胆怯——可以说是十分胆怯的来自另一个世界的生物,他在深沉的孤独中仰仗着自己的天赋和命运混日子,却又能自觉地把这种孤独当作命运来理解,他具有狼的灵魂,却有人的躯壳。他有着两种特性:一种是狼的,野性十足,放荡不羁,难以驾驭;一种是人的,温顺,驯服,胆小怕事。它们同在一个人身上,互为敌人,互不协调,这一个只能使另一个受罪,它们在血管里互相敌视的时候,把他的生活搞得十分不舒服。

宪茹接受了我的想法，我心中窃喜，这喜的最大成分不在于终于将有中国版的《荒原狼》问世和我们之流可以脱掉以作品不朽的枷锁，而在于终于验证了我对他的想象和猜测。这对我相当重要，这使我知道在今后的时光里，该以什么样的方式跟他打交道。比如当他说"不怎么好，心情很不好"时，我会顺着说，你又绝望了，绝望很正常，你是理想主义者，太追求完美了。

宪茹痛苦的根源，都在于他太敏感、太清醒、太知道身处的世界是一个什么样的世界又太想使这世界完美，就像《荒原狼》里的哈立，了解时代的病症，却又找不到出路。他找不到出路，就只有躲到身体里的秘密通道，在那里发散自己的思想，开采自己的心灵。

心灵，是一个永远也开采不尽的世界，它浩瀚无边、深不可测，可并不是每个人的心灵都深不可测、浩瀚无边，如果你感觉麻木、神经粗糙、思想懒惰，那世界只能是一片荒芜。宪茹没有让自己荒芜，他也无法让自己荒芜，他过人的天赋，"狼性"和"人性"在他灵魂里不断地纠缠，使他不可能不找到一个喷涌的出口。也许，是他先有了过人的天赋，才使"狼性"和"人性"得以栖身；也许，是先有"狼性"和"人性"栖身，才使他具有超出常人的天赋。反正，当他用文字打开心灵的出口，我们看到的已经不是那个西装革履的官员，不是那个阴阳怪气的精神病人，而是一个勇敢的思想者、才华横溢的作家。在这部就要公布于世的十几万言的随笔集里,他的正义感、责任感,他对人间世相精辟的论述、独到的发现、深邃的思考,他对世道人心细微的洞察、深刻的揭示、准确的表达,都让你看到他多年来徜徉痛苦之中到底获取了什么。他虽然还没有写出《荒原狼》那样不朽的小说,但这字里行间弥漫的正是哈立一样内心的矛盾、冲突和不协调,哈立一样深沉而深刻的孤独、身遭两种不同习性"摧残"的悲剧命运。

宪茹是孤独的,在《我》那篇短文里,他说:"我想我是不懂得也确实不会懂得快乐的人,我追求我活着是拿什么证明我活着,无论是战斗、做事还是骂人……我活在我的心灵里。"在此之前,我曾以为,孤独是宪茹性格及命运的宿命,这段话让我警醒,他其实是自觉的,是在不断自觉的追问中将自己逼向了孤独,拿什么证明我活着,只有拿心灵。宪茹是个充满悲剧意识的人,在《想不明白》那篇短文里,他说:"生命,是一件绝对偶然的事情,我们可以在生命的过程中赋予它很多意义,问题是,假如没有某一个生命,没有某一个生命的意义,又将怎样呢?我们没有办法去假设,但我们有办法不去假设,即来自偶然的生命和这生命的偶然的意义事实上完全是可有可无的。"我曾以为,他的悲剧意识是经历给予的,他有着饥饿而苦难的童年,在《乡思》《故乡趣事》那些文章里我们看到,他出生在东北大平原上的一座小村庄,父亲早故,很小就被迫为糊口奔波,吃尽了人间苦头,可是当读到法国作家、思想家保尔·萨特的《文字生涯》,我改变了想法。萨特的童年生活非常优越,有花不完的钱,家里人,包括外祖父对他都百般宠爱,可是他很小就觉得,人被抛到这个混沌的世界没有意义,面对这个敌意的、充满威胁的世界,人必然感到焦虑、恐惧,与生俱来的自由意味着痛苦、苦恼。萨特说,一个人看世界的高度,是在童年里就决定了的,他说他在童年就有了六层楼那么高。由此可见,悲剧看世界,是一种高度,而悲剧意识,是一种与生俱来的东西,是身体的产物。宪茹之所以常常沉醉于在暗夜里痛苦地思考,是他在那里看到了别人看不到的风景。

那由痛苦思考生成的风景,实在也不是什么风景。有时候,它们是露出水面的礁石,形迹怪诞又坚硬犀利;有时候,它们是那礁石背阴的苔藓,触须蜷缩却有鲜绿的色泽;有时候,它们是长在山野的荆棘,以纵横交错的藤蔓向入侵者发出信号;但更多的时候,它就是嘈杂世界里的一声呼喊,在跌跌撞撞的尘埃中忧国忧民。在那里,人在胆识面前的怯懦、自然威胁之外的人为风险的威胁、貌似公平后面极大的不公……都成了他针砭的对象。当然,他对财富有着自己的见解,对同道之人的品行有着自己的眼光。重要的是,即使他"不得不"生存在社会肌体的主流中,也从没有泯灭成就不朽篇章的伟大野心,他关注"鲁迅的愤懑",体悟"我与凡·高"的相同和不同,他颂扬知识分子常有的自省和忏悔,崇敬苦难岁月对自己的馈赠。同样,因为他从没有泯灭成就不朽篇章的伟大野心,他愿意沉浸在童年记忆的海洋,从中发掘那些具有寓言色彩的故事。在那些被鲜活生命充斥着的富有色彩的文字里，我们看到的竟然是又一个完全不同的宪茹，他顽皮、轻盈、智慧、纯朴，他在纯朴中还稍稍有那么一点憨厚、愚阔，以至于让你觉得，他是一个永远长不大的孩子，或者说，还在童年，他就长成了一个历经沧桑的老人……

由于每一个字都从心脏里溢出，宪茹的语言朴素、精练、体贴，由于每一缕思想的光辉都在暗夜里生成，他的表达带着见根见底的老道、毫无杂念的真诚，这实在让我这个职业写作者感到惭愧，在我的心脏还是完好无损的时候，我真得好好想一想对写作，我是否真的用了心。

宪茹把暗夜里的思考呈现出来，把一个痛苦的灵魂呈现出来，本以为，他从此不再指望我们这些"无用文人"在文字里不朽，可是某个晚上，和马晓丽等几个作家朋友谈及创作，他还像80年代那样，不依不饶地揪住我们，在肯定我们是在用生命写作的同时，非让我们写出能够流传后世的作品。

写出传世作品，这一点我从不指望，但他的话还是让我感动。在有了一些经历之后，我已经明白有关"生命写作"和"生存写作"的不同内涵。生存写作，是说把写作当成获取现实利益的工具；而生命写作，是说写作是生命的最高诉求，是把写作当成自己获得内心安宁的一棵救命稻草，这应该不仅仅是职业写作者追求的境界，而是每一个真正热爱文学的人都在追求的境界。在这个嘈杂喧嚣的世界,还有这样的声音发出来,听来真是让人温暖。

愿以此文彼此取暖。

2007 年 11 月 22 日

如此朗读

——芬兰、斯洛文尼亚行

起飞时间是上午 10 点 55 分,当飞机穿过薄云,升上天空,觉得我们一行是在和太阳一起旅行。我们一行,总共七人:中国作协外联部主任刘宪平,翻译吴欣蔚,作家柳建伟、郭文斌、王手、梅卓和我。遗憾的是,八小时之后,我们降落在芬兰赫尔辛基机场,太阳却还在前行。不过它并没与我们分手,从机场大厅出来,阳光依然照耀着我们。因为那时才是芬兰时间下午两点。

接机的是中国驻芬兰大使馆文化参赞黄爱萍女士和芬兰中国和平统一促进会副会长、华侨华人协会秘书长佟帅先生。还在从机场开往市中心的车上,佟帅就用他沈阳口音十足的普通话向我们介绍芬兰人努力工作的文化习惯、简单生活的价值观、人与上帝的宗教信仰关系等。在我们住进酒店后,他带我们参观了总统府、总统府对面的赫尔辛基大学、赫尔辛基大学右侧的新教教堂、教堂对面广场上的亚历山大二世雕像。第二天上午,还参观了被誉为芬兰民族音乐之父的西贝柳斯音乐广场、第十五届奥林匹克运动会比赛场和世界上独一无二的岩石大教堂。人与上帝的关系，简单生活中的悠闲优雅，人们努力工作的严肃和严谨，从总统府和教堂的距离、教堂与市民生活区的距离，从教堂、音乐体育广场这些恢宏精湛的建筑中，处处都能感受得到。

与芬兰作家协会的见面，就是在有了这些感受之后。那是一个白色高楼，在市中心的某个街区，有些旧，恰因旧，才见出悠久的历史。出国前，外联部吴欣蔚通知我们每个作家都要朗读自己的小说，于是从上路开始我就对朗读有了一种怪怪的恐惧感，觉得好像在做一件没有把握的事情。我不曾跟同团的其他作家交流过，但于我是这样，因为自写作以来，从不曾当众朗读过自己的小说。然而这个下午没有这个节目，只是在黄爱萍参赞引见下，与芬兰作协副主席、作家座谈。那是一个并不很大的会议室，秘书长介绍芬兰作协的机制建构、会员情况、职务和责任，代表团团长柳建伟介绍中国作协的机制建构、会员情况、职务和责任，并代表中国作协就芬兰作协对此次作家交流所做的努力表示感谢。刘宪平主任表达了中国作协愿意在推动双方作家的互访和相互交流上做出努力。座谈气氛宽松而热烈，最后，为了见证交流的开始，双方互赠礼品，柳建伟代表中国代表团向芬兰作协赠送中国作家的翻译作品、宁夏剪纸和印有温州传统蜡染图案的笔记本。

朗读是在 14 日才开始的,地点在赫尔辛基大学孔子学院,这里没有护栏,没有围墙,仿佛来到一个社区。大学没有校园,这是跟中国完全不同的地方。在一个光线明亮的屋子里,代表团全体成员和孔子学院师生齐聚一堂,院长叫安佳·拉蒂嫩,中方院长叫李远征,她是中国人民大学教授,在孔子学院履职三年,带着人民大学五位年轻志愿者。实际上,当我看到一张张热情而熟悉的面孔,看到一双双渴望与异域作家交流的眼睛,先前那种恐惧朗读的怪怪的感觉就荡然无存了。在大家为同一种热爱而相聚在一起的时候,不朗读自己、不把自己的声音发出来,我们还能做什么呢?于是,团长柳建伟在表达了中国作家对芬兰文学艺术史上伟大作品的虔敬之心后,朗读了他的《花野》片段,郭文斌朗读了他的《吉祥如意》片段,王手朗读了他的《推销员为什么失踪》片段,梅卓朗读了她的《转世》片段,我朗读了我的《歇马山庄的两个女人》片段。于是,交流也就开始了。如何看待生活和艺术的关系,中国作家和鲁迅有什么样的联系,乡土文学在中国的发展,藏族作家用汉语写作的障碍……

那是一个难忘的下午,由朗读开启的文学交流很自然地就触及了文化的差异,由文化差异带来的想象和疑问很快就活跃了现场的气氛。而在想象和疑问里,我们打开的人、人性、人生、生命、命运,又在另一个维度上融合、交汇,因此活动结束时,彼此握别,纷纷感到时光的短暂。

实际上,如此朗读,如此由朗读进入的交流,才仅仅是一个引子,就像电影中的序幕,更多的朗读发生在后边,在另一个国度。9 月 16 日,当我们离开芬兰,抵达斯洛文尼亚,我们的朗读才算真正开始。只不过那朗读者不是中国作家,而是斯洛文尼亚首都卢布尔雅那的市民,在我们从酒店步行去往餐厅的路上,在一个偌大的酒吧里,一群年轻人在为一个在音乐中朗读的人热烈鼓掌。由于小镇太安静,突然爆起的掌声像突然下起的骤雨。而拐过一个街角,在流过市中央大街的萨瓦河边上,安静的蜡烛映照着安静的河水,安静的恋人在河水上方的茶桌上默默对视,你觉得所有人都在朗读。看着他们,不用语言,不必听懂,古老的欧洲已经在向我们传达它的浪漫和诗意了。

　　朗读者不再是我们,也不再在教室里、会场上,他们在卢布尔雅那大街上的酒吧里,在中央广场两尊距离遥远的雕塑上。那是一个 18 世纪著名诗人和一个平民女子,诗人的雕像在广场中央,高大伟岸,女子的雕像在诗人对面一幢楼的墙壁上,平常美丽,诗人平生爱着这个女子,这女子却一直不爱他,于是就有人用雕塑凝固了这美丽而忧伤的故事,让他们在广场上世代相望。在他们中间,毫无疑问朗读者是诗人,他日夜不停地朗读自己的诗句,为了心中神圣的爱。

　　由广场穿越的小城是安静的,可我们的夜晚却并不安静,因为迎接的朋友太热情了。他们是享誉欧洲的著名诗人,斯洛文尼亚作协主席 Agot Sakside 先生,副主席 Janja Viamay 先生,作协秘书长亚娜,诗人娜娜,报社记者尼娜,司机高独。主席和副主席多次来过中国,亚娜和高独两年前结伴来过中国,娜娜参加过中国国际诗歌节,尼娜在中国云南大学先后留学三年,有这么一些与中国有着深厚感情的诗人、作家,怎么能让相逢的夜晚安静下来呢?"亚娜,娜娜,尼娜,欢迎我们来到了卢布尔雅那",这本身就是美妙的诗句,在相逢的夜晚不断诵读这样的诗句,心灵距离迅速拉近。第二天再见,我们已经是相识多年的老朋友了。

以我们为主角的朗读是 17 日晚上 8 点开始的,这之前,我们步行参观坐落在城堡里的卢布尔雅那博物馆,感受斯洛文尼亚人的历史观;在市政厅等待卢布尔雅市长接见——在斯洛文尼亚,我们所到的任何一座城市,都有市长接见这个日程。这之后的另一个上午,总统接见了我们。在会见厅,总统问到的文学问题非常专业。比如在中国,主流文学样式都有哪些? 女作家和男作家是否享受同等待遇? 在电影里可否运用方言? 不但如此,他捧着代表团赠送的书非要和大家合影留念。总统和市长们对中国作家到访所给予的深厚礼遇,让我们充分感受到这个国家对文学的尊重,感受到文学在这个国家的地位。

那一天,参加完市长接见之后,我们乘车去布莱德参观伊拉贝拉别墅,晚上六点半,在尼娜、高独的引领下,准时来到作家协会,参加冷餐招待会和朗读会。参加活动的有卢布尔雅那大学汉语系的代表、孔子学院的代表,有三十年前从中国嫁过来的南京女学者和她的汉学家丈夫。餐后的朗读就在旁边的一个礼堂里,座无虚席。在柳建伟一段炽热真诚的有关中斯友谊回顾的开场白之后,我们小说中的人物便出来亮相了,他们是柳建伟《花野》里的兵站士兵、郭文斌《吉祥如意》里的五月和六月、王手《推销员为什么失踪》里的母亲和妹妹、梅卓《转世》里的道丹和阿吾、我《歇马山庄的两个女人》里的潘桃和李平。由此引出的提问大致是这样的:军人作家的目光如何穿越遥远的历史进入现实中?中国传统文化对创作有着怎样的影响?温州商人如何进入小说,如何理解灵魂转世?两个农村女人的命运是否就是整个中国女人的命运?

虽然通过对方翻译转述的提问多少简化了问题的复杂性、丰富性,可每个人都在相对短的时间里,诉说着自己对提问的相对丰富精确的理解。柳建伟由自己的成长讲到作家跟所处时代的关系,郭文斌把中国传统文化比作大地,中国文学的根须深扎其中,王手谈到温州商人的形成以及对世界的影响,谈到自己的小人物观,梅卓从藏人的信仰入题解释灵魂转世,我则讲述了乡村的城市化进程给中国乡下女人带来的困惑迷惑。在我们此次和后来多次朗读之后的交流中,回答提问最多的就是柳建伟和郭文斌。柳建伟是此程的团长,他用他丰富的知识、超人的记忆力履行着他团长的职责,不管面对什么样的提问,如中国出版的现状、长篇小说的市场、网络文学对青年阅读的影响等,他总能侃侃而谈,纵横捭阖。而郭文赋,不放弃任何谈文学的机会来弘扬中国传统文化,他的从细节进入的演讲总能引来台下阵阵掌声。

如此朗读,如此在朗读后互动交流,在接下来的日子里,每天都有一场,在离卢布尔雅那很近的一所小城的中学里,在斯洛文尼亚最古老的城市普图伊的剧院里,柳建伟兵站里的士兵从夜里走了出来,郭文斌的五月和六月从月光下走了出来,王手的母亲和妹妹从店铺里走了出来,梅卓的道丹和阿吾从雪域高原走了出来,我的潘桃和李平从歇马山庄的屯街上走了出来,这是我从不曾想到的情景。原本已经躺在纸页里的文字会不知不觉站立起来,那些被我们描述过,随着时间推移,早已消失在记忆里的形象,通过我们不断的朗读,他们会活起来,会从纸页里走出来。他们影子一样尾随着,我们走到哪里,他们就跟到哪里,他们甚至跟我们来到了由中国驻斯大史馆为欢迎中国作家举行的晚宴上。因为当柳建伟站在灯光下代表中国作家致辞,我眼睛里的形象已经不是他,而是一个举杯遥望家乡的士兵。就是这个晚上,跟梅卓在里边的沙发上休息,我说:"你的道丹……"我想说你的道丹高大魁梧,可是刚刚开口,大使走过来,我便闭了嘴。

在那样的日子里,我似乎渐渐体会了朗读的意义,朦胧地知道了欧洲文学作品里为什么常会出现诗人、作家聚会朗读的情节,知道了《朗读者》中的十四岁少年为什么会为一个女人生死朗读。所谓朦胧，是说我觉得，在斯洛文尼亚，在古老的欧洲，朗读一定有我们所不能感受到的其他更深层的东西。它关乎文化、信仰，以及由此影响的心性生活。因为最后那个晚上，在斯洛文尼亚一个边陲小城，我们参加了一个欧洲人的朗读会。那是一个当地每年一次盛大的文学节开幕式。我们有幸成为现场的一员，得益于斯洛文尼亚作协的精心安排。很显然，在这里，朗读者不是我们。那是一个上千人的剧院，上下两层，据说入席的人除了少数几个文学节的赞助商，大多是当地有名的作家和诗人。他们不管男女，全都盛装打扮，但这盛装不是某种晚会上的夸张、妖艳，而是那种正式会议的庄重、严整。没有翻译，但能感到最先被主持人叫上台的人是活动的赞助商，他们分头说了几句话就回到他们台下的座位，随后，工作人员往台上拖了两个沙发，引出两个中年男人，场上顿时报以热烈的掌声。什么样的人会引起这样的掌声？看下去，才知道可能一个是记者，一个是作家，作家最近出了新书，记者在做他的访谈，因为其中一人手里拿了一本书。这样的开幕式，即使能听懂语言，也还是让人捏把汗：在这么大的舞台上进行访谈，怎么才能调动大家的情绪？可是，听下去，我完全傻了，长达二十分钟的作家谈创作，居然无数次地引爆全场，人们前仰后合，会意的笑声此起彼伏。而谈完创作心得，他又翻开手里的大书，打开到后半部的一页，开始了朗读。这是我今生从未见过的朗读盛况，在长达三十分钟的时间里，笑声潮水一样在场内涌动,人们聚精会神地倾听着,热情投入地大笑,某个时刻,人头攒动起来,好像用笑声跟台上交流还不够,还要左右彼此交流。你不禁要问,此时此刻,到底发生了什么? 这位作家,到底读了一些什么? 他可能幽默机智,可能会讲故事,他的人物对话可能精彩无比,可是至于吗? 你不禁要问,到底是写得好,还是朗读得好? 到底是听者投入得深,还是理解得深? 为什么一场朗读,现场的气氛会比看戏更热烈,更饱满,更激情澎湃?

不得而知。

能知道的是,我从剧场出来,多么渴望自己就是那个幸福的朗读者,用自己的作品唤起人们内心隐秘的激情!

2012 年 10 月 10 日

我与《海燕》

　　我与《海燕》——写下这四个字，心情不平静了好久，以至于好几天来，都害怕去面对电脑。在我的人生中，有诸多个阶段，在某个阶段与某个事物发生某种意想不到的关系，似乎是寻常得不能再寻常的事情，可是我与《海燕》并不那么寻常。因为在我们的关系里，有着太多隐秘的无法言说的情感，由陌生到熟悉、由希望到向往、由喜悦到痛苦，剪不断理还乱。在三十多年的时光里，我渴望牵挂，我期盼靠近，我宁愿远离，我向往遗忘，而事实是，只要有人提起，哪怕只是一个字，神经顿时被拨动，心顿时澎湃激荡，并因此进入深深的怀念。仿佛她是你的血缘亲情、是你的故土故乡，根本无须用心打量，随时随地往事和往事里的人都会涌现，在你的心灵上留下一圈圈涟漪。

　　与《海燕》最远的往事，要追溯到上世纪 80 年代。1982 年，我的处女作《静坐喜床》在杂志的第五期上发表，在那之前，我从不知道在我故乡的远处,有一个名叫《海燕》的杂志。我把一篇日记送到小镇文化站,被文化站老师转到县文化馆,之后在一个文学创作学习班上,经文化馆老师指点修改,又被转交《海燕》,我像一个第一次来到岸边的游水者,不知道与此岸对着的彼岸在哪里,更不知道两岸之间的水到底有多深,是否能够游过。当有一天彼岸显现,一篇由日记改出的散文《新嫁娘》经多位编辑老师的润色,以《静坐喜床》的题目发表,一长串打捞我上岸的恩人名单便在我的生命中浮出水面。我从乡村走出的第一步,从此开始,我的与《海燕》宿命般的连接,由此注定,因为作品发表不久,我就被大连文联推荐到辽宁文学院作家班进修,而有了这两年,才有了我脱掉农民身份、进县文化馆工作的可能。虽然这一程还有很多市文联、省作协老师的帮助,但没有《海燕》对我的打捞,一切都是一纸空谈。

事实上,刚刚走上文学道路的 80 年代,我的很多作品都在《海燕》发表。那时候,我不知道外面还有别的什么杂志,就像我当初不知道大连有一个《海燕》。我身陷乡村,信息闭塞,我身上压着厚厚的土层,一层层拱出地面太难。我在《海燕》这块土地冒出须芽,便认定了她才是我生长的沃土。事实上确实如此,笔会、文坛、文学界,我由此入门;什么是散文,什么是小说,什么是小说中的现实主义、现代派,我由此打开天窗,一个不知文学为何物的乡村青年在做起了作家梦的同时,痛苦也便由此揭下帷幕:文坛是一个社会,你向往在这里如鱼得水,经验和智慧的不足却让你每每碰壁、失望;文学是伟大的艺术殿堂,你渴望快速成长为其中一员,才华和学养的不足又使你每每焦虑、痛苦、寝食难安。当然,与此同时,希望也便由此注入心灵的每一寸空间。文学是我的生命,后来很长一段时间,我都这么以为;后来好多年,我确实把文学当成生命,不是一部分,而是全部,而这,不能不说有《海燕》的启蒙。

　　《海燕》把我带到文学里来,我和她的关系却经历了三个完全不同的阶段。前十年,《海燕》于我,是一本杂志,是一个个好心的编辑和老师对我的关怀,更是一个遥远的生活的别处。所谓生活的别处,是说不管她给你带来痛苦还是希望、喜悦还是向往,她都是你沉重的现实之外虚妄的存在,就像在暗夜中飞翔的蚊虫追逐远处的光——一个爱文学的人,不过是一只在暗夜里追逐光明的蚊虫。我向她投稿,我向她诉说,我等待着关于稿件的每一封来信,我盼望与之见面的每一次笔会和活动。在那样的年月,因为有她,我与现实的紧张关系得以缓解,我与文学的陌生关系得以改善,我与梦想的疏远关系得以拉近,因此,孤独在现实之中的灵魂似乎有了一个远离现实的寓所,她看不见摸不着,却招之即来挥之不去……然而,我从来就没想过,有一天,我会在命运之手推动下,混淆了现实和梦想的关系,模糊了远方和别处的关系。我是说,1995年我居然从庄河文化局调到大连《海燕》杂志社,一夜之间,我与《海燕》再也回不到从前,我们由原来作者和杂志的关系,一跃变成编辑和编辑部的关系,由原来心灵的所属,变成了程序和秩序的所属,曾经的希望和失望、喜悦和痛苦,便统统有了新的复杂的模样。

这是我与《海燕》的又一个十年——为了能上《海燕》工作,除了命运之手的推动之外,还有朋友、大连宣传部、文联、《海燕》编辑部领导的合力支持和帮助,事实上他们的合力才是命运之手的全部,我从来不能忘记看到命运呼唤时心底的兴奋和喜悦,似乎进了《海燕》就住进了文学的殿堂,从此,跟文学有关的所有问题、跟精神有关的所有问题都会得到彻底的解决,而事实上并非如此。

在这十年里,曾经的恩人、导师成了我的领导和同行,曾经的同行变成了我的作者,曾经的写作的我变成了只能把写作当成业余爱好的我。作为编辑,因为怀揣文学的神圣感,我有从许多来稿中发现好作品的热情,却没有编辑文字的能力,虽然领导从来都对我网开一面,可我常常因为没有自信而倍感惶恐;作为作者,因为把写作当成生命的全部,我希望经常获得鼓励和支持,虽然没有任何人对我实施打击和排斥,可我常常能感到身处环境的束缚和压力,尤其当写作的我把神经磨得刀刃般锋利,与体制的碰撞便有了带血带肉的痛苦。

我与《海燕》,经历了痛苦的十年,这不得不归罪于我的乡村经历。童年和少年在野地里长大，我有着一棵野草一样狂野的心，一些年来改变身份，有了工作，被程序和秩序约束，我便觉得我在经历生命的暗夜，便无时无刻不希望从暗夜里逃离。却不知道，《海燕》也是生长在程序和秩序里的一个机构，她虽然归属于文联这样的社会团体，不是政府职能部门，可正因为她不是政府职能部门，在相应的秩序中，还要经历改革的挑战。我这样的一分子，便有了四处碰壁的遭遇。

很少有人知道我在这段时光里的痛苦，就像很少有人知道我从一个农民变成一个机关人的痛苦。它仅仅是我个人的体验，在别人看来，我是在无病呻吟，可在我这里，它特别巨大，它笼罩了我的生活，痛苦在每一天都历历在目。于是，我又在我的现实中向往别处，也就是说，当我的精神寓所变成我的工作场所，我又在拼力逃离。

这是我的另一个十年，这十年里，我离开《海燕》，开始了专业写作，我的生活没有了体制的边界，我的思想和身体都回到了童年的荒野，自由自在。在最初的时光，我喜不自胜，欣喜若狂，甚至忍不住奔走相告，仿佛逃离《海燕》就逃离了桎梏，就获得了解放，可在经历了相对的自由之后，我又经历了可怕的空虚、迷茫。因为当你是一个在宽阔的马路上行驶的车辆，没有了与边界的碰撞，没有了跟现实的紧张关系，你也就没有了写作的压力和动力，当你成了一片飘在半空的羽毛，在突然的失控中有一种不知身在何处的茫然无措,便理所当然。

　　后来我知道,总能感受到生活的边界,总能感受到和生活边界的碰壁,是一颗写作的心的必然遭遇,你因为写作而敏感,你因为敏感而感受自由的受限,你因感受自由的受限而看清人生、人性、生命的存在境遇,这是上苍赐予一个写作者的福分。认识到这一点,我开始调整自己,我走出家门,走回乡村,努力去以另一种方式建立和生活的关系,这一切与《海燕》无关。有关系的是,在我重新走回故乡大地的这几年,我常常能够想起我还在故乡大地的年月、《海燕》于我生命的重要,我怀念那样身体匍匐在现实中、精神栖息在远方的青春时光,我怀念那些向我伸出热情之手的编辑老师、那些我共事过的同事和朋友……其实,《海燕》在我离开之后,也经历了在体制中的几度沉浮和挣扎,我深知我的同事、朋友们心灵的痛苦和期盼,深知为了让《海燕》仍然成为有文学梦想的作者的精神家园,一些同样有着文学梦想、有志向的后来者付出的艰辛和努力,因此,每期《海燕》杂志来到,看到"海燕"两个字,我都怦然心动。我害怕打开,又特别想打开,我害怕闻到书页中过往的气味,害怕看到坚持者在坚持中疲惫的神色。然而,我还是打开了,我无法逃避对往昔的追忆和怀念——经过时间的淘洗,往昔的一切都变得如此美好;我打开了,重温了往昔的美好,却并没有看到疲惫的神色,她依然精力饱满、神采奕奕,或者,她努力精神饱满、神采奕奕。

祝福你——永远的《海燕》！

2014 年 7 月 29 日

把纯朴的自然还给我们

——读孙忠杰玉米地系列油画有感

与忠杰认识大约是1988年，那时候我在庄河文化馆工作，他来文化馆找我谈哲学。那时候他是庄河重点高中的美术教师，他找我谈哲学，是因为爱上了我的好朋友顾薇。追求心仪的女孩，以他的优势先来取悦女孩的朋友，这很正常，不正常的是，他跟一个刚刚从农村出来的我谈哲学，这实在冒险。他凭什么认为我懂哲学？凭什么认为会有一个女孩愿意嫁给一个在大脑里凌空蹈虚的人？记得他的开场白特别简短，几乎不到几分钟就进入哲学话题。说心里话，我确实不懂哲学，在此之前，就从不曾听过有人这么单刀直入地说出"哲学"二字，可奇怪的是，我这个不懂哲学的人，居然和这个滔滔不绝谈哲学的人谈得很愉快，居然没把他定义为疯子或神经不正常之类。是什么让我愉快？是什么让我不但没把他看成与正常人相反的异类，反而事后还敢跟顾薇吹嘘这人很有才？时至今日，有关那次谈话的内容我已经完全忘记，唯一能记得的就是忠杰的冒险大获成功:顾薇确实与他恋爱了。作为顾薇的朋友,我确实分享到了他们爱情的美好。不但如此,我和忠杰还成了朋友。现在想来,我们当时的谈话一定跟艺术有关,跟人生有关,跟对艺术和人生的思考有关。艺术反映人生,人生通达哲学。或者反过来说,形而上的哲学就弥漫在我们形而下的生活中。他从我们无所不在的生活中抽象出了我不曾抽象的思想,这思想我虽不懂,却能些微地感知它们、触摸它们。我是说,作为一个刚刚走上文学道路的写作者,他的"哲学表达"让我看到了某种能感知却无法说清的更为神秘的东西。我因此被他的才华吸引,并试图去影响朋友。可是,当他与朋友结婚,当我和他也成为朋友,有关哲学的话题再也没有继续,仿佛哲学是他设下的骗局,或者哲学只是他用来猎取我朋友的某种法术,一旦成功,便立即束之高阁了。然而二十多年过去,当有一天我们再次相遇,我看到了这样的事实:哲学确实在对话中被束之高阁了,可另一种东西呈现出来——绘画。

　　接触忠杰的油画,是事隔多年之后的 2011 年。那时我已经调离庄河近二十年,为了写作我重返庄河,忠杰把我带到他的画室。我一直听说他的美术课极受学生欢迎,一直听说他教出了很多国家重要艺术院校的高才生,也一直听说他课余时间还办了绘画辅导班,唯独不知道他在教学之余自己也创作油画。那是一个雨雾蒙蒙的傍晚时光,朋友聚餐后他发出邀请,我却站在那里犹豫半天。我犹豫,不是不想看他的画,而是非常想;我想,不是想从他的画里看到哲学,恰恰害怕自己看不出哲学丢了面子。我犹豫,是怕丢了面子。事实上那一次看画经历确实不爽,那些油画,不管是人物还是风景,我看后都说不出话来。他用笔细腻、技巧娴熟,你也似乎能看到点染在色彩中的生命迹象,可那迹象被一股暗淡的能够凸现优雅的色彩洪流笼罩,让你感到压抑、沉闷,甚至窒息,就像一团旋转在屋子中的空气,始终找不到疏散的缝隙,就像一只囚禁在笼子里的燕子,始终找不到飞翔的出口。压抑也是一种情绪,能通过画面表现出压抑也算忠杰的成功,可我天性喜欢朴素,我喜欢朴素的力量。我是说,在忠杰的沉闷和压抑中,你总能感到来自创作者主观意念的约束,似乎那优雅不是随意流淌,而是有意打造;似乎只有打造出优雅,才能表现他的美学修养。也就是说,他的创作,并不来自他的某种冲动、某种狂喜、某种消除不掉的记忆。这或许与我对忠杰成长背景的了解有关。和我一样,他也出生于乡村,在乡村长大,虽然他后来念了大学而我没念,但我希望他的画中能有某种粗犷和质朴,某种原始的生命力。我说不好,反正那次看画,我没有把提前准备好的溢美之词说出来,因为没说出来,在觉得很是对不起朋友的同时,也对自己审美趣味的单一深深不满。

我不懂绘画,这毫无疑问,多年来的写作和阅读,我只信奉这样的原则:好的艺术,一定给人带来美的享受、直觉的冲击,一定让人感动,无论是哪种门类,它呈现的世界,一定是情感的世界。创作者眼中的生命现象,在到达作品的途中不但没有流失,反而因为某种爆发力的瞬间加持,愈发生动感人,就像那些感人至深的音乐。当然我知道,不是所有的创作都能幸遇爆发力,那是一种神迹,它并不经常出现,更多的时候,它需要耐心打磨、需要苦心经营,那么,创作者眼中的生命现象,是否在到达作品的途中就被打磨掉了或者经营没了? 看的不是运气,而是功力了。忠杰显然并不缺乏功力,可到底是什么阻碍了他的作品走向我的感动?

2014 年 11 月,庄河举办首届油画展,忠杰打电话说,如果我有时间回去,可以去看看。恰好要回家看老母亲,也就真的顺便去了。我之所以去,并非知道忠杰有一批能够打动我的新作,不害怕没有话说,恰恰相反,我在看他的新作之前,已经有很多话要跟他说。那些话,跟他过去的绘画有关,我想告诉他,我终于看懂他的画了,因为我重读了《凡·高自传》。读《凡·高自传》,显然不是为了弄懂忠杰的画,这一年 10 月,我随中国作家代表团去了一趟欧洲,我得到了一本华裔翻译家黄晓敏女士送我的《法兰西掠影》,在那里,她讲述了莫奈、塞尚、凡·高、夏加尔等许多艺术家的故事,那本书点燃了我重读凡·高的热情,当然还有另一个原因,这段时间以来我一直在外面跑,心情有些浮躁,我想抱一块巨石让自己沉下来。当真的随一块巨石沉到心底,我对绘画有了比原来更清晰的理解。艺术家在绘画中表现的是双重世界:一个,是对象世界,就是客观世界;一个,是印象世界,也就是主观世界。描绘客观世界强调事物的真实性,描绘印象世界注重表现创作者的情感流动,那是另一种真实。艺术反映生活,当然不是纯粹的客观再现,它是通过创作者对生活的洞察和抽象之后创造的又一个世界,这我是知道的。但有一种绘画,创作者主观思想和情绪太过强大,强大到统摄整个绘画,线条和色彩在抽象了生活某些本质特征的同时,进入了另一种逻辑链条,在那链条上,作品表达的不再是客观世界的情感,而是创作者自己的情感,那情感使他笔下的事物夸张、扭曲、变形,但它是不同于客观真实的另一种真实……这个时候,想起忠杰的画,似乎有些开悟:他在表现他印象的世界。他印象的世界之所以让人窒息、沉闷、压抑,是他的心在日益粗糙庸俗的现实世界里囚禁得太久,他渴望挣脱却无从挣脱,于是选择用优雅来对抗。他那夸张暗淡的色调,寻求一种怀旧感,都基于表现优雅的需要。优雅,是姿态,更是武器,它被巨大的色彩洪流造就,或许正是忠杰自豪和得意的地方,因为当它呈现在他的画中,就像有一颗枪弹携在他的肩头,感受到支持、鼓励、抚慰的同时,还有了安全感和强大的自信。如此选择是否体现了他的哲学追求,我无法知道,能知道的是,当忠杰不能在现实世界找到抚慰,便只有回到想象中去。它是否抚慰他人,比如我,实在不那么重要,因为他或许像我现在一样看到,凡·高的《向日葵》在许多追求客观真实的人眼里,就并不具有那么强大的冲击力和感染力。

这种心得，本该在忠杰打电话给我时就说出去，可是，听说有画展，我还是吞下了。也是耍了小聪明，想一旦两次观感重叠，我的溢美之词将更加的有的放矢，更加从容。意外的是，感受没有重叠，不但没有重叠，还有些震惊，就像第一次见面他就跟我谈哲学给我带来的震惊。这并不是说我从他的最新创作中看到了哲学，相反，在那玉米地系列里，乍看上去，似乎不隐藏任何东西，只有扑面而来的生命迹象，深秋的旷野，丰沛、茂盛、气象万千，在万千芜杂斑驳的色彩和线条中，一股隐秘而深沉的力量汹涌而来，它在将你带回记忆的童年时，又将你推到蕴含着勃勃生机的现实世界。在那里，心是自由的、奔放的、狂野的，甚至，还有伤痛。因为玉米秸秆有倒伏，有折断，有匍匐在地。然而也正是这种形态各异、浑然一体的饱满元气，让你感受到大自然馥郁背后的幽暗，热烈背后的寂静与孤独，以至于某种不可预知的神秘。因为当画面上几棵因失去水分而干枯的玉米秸傲然耸立、仰望苍穹，你不得不被这些倔强的生命打动，从而去追问，它们的生命密码里，到底有着怎样的基因图谱。

狂野、自由、奔放，这是灵魂突破重围之后的重生，在这里，伤痛、幽暗、寂静是生命密码的主调，因为谁都知道，孤独和哀伤是人类精神基因的本质，它将永无休止地延伸下去。于是馥郁有了，热烈有了，生长在哀伤秸棵上的梦想和希望也有了。它同样是主观的、印象的,可这印象世界和现实世界在创作的途中不期而遇,完美地汇合到了一起,或者说,创作者的印象更加有力地穿透了现实,使多年来一直被囚禁的灵魂找到出口,得以释放。它不再优雅,因为优雅只是一个设置,它阻隔了情感与情感的联系,但它依然是一种对抗,只不过这对抗是以一种原始的自然的力量。问题是,忠杰如何放下优雅这个武器,找到一种比优雅更有力量的力量?是什么使他放弃了曾经的美学追求,让大地有了如此滚烫的生命体温?从上一次看画的 2011 年到这一次的 2014 年,忠杰到底经历了什么?难道真的有神迹出现,他幸遇了爆发力?可即使上帝伸出了援救之手,他若不将自己的手伸出去,上帝又如何能够握得住?

画展的当天就有了答案,它隐藏在那本结集出版的《情境·北纬 39 度》的画册里,在他与姜戎的对话中,他这样说道:"我大学毕业后,创作热情一直很高,但那时主要是跟别人跑,尤其是'85 思潮'和国外现代主义在国内形成巨大影响的阶段,整天都在琢磨材料啊匹配啊这些事,弄出的作品追求是不是像现代作品、是不是有颠覆效果,一直想着跟传统绘画割裂……随着一步步走来,很快就明白:那些东西其实跟人的情感没什么联系的,或者说是言不由衷的。而随着一点点回归,艺术史的梳理,尤其是生活阅历的积累,才逐渐明晰了该怎么画和画什么。创作玉米地系列的开始,就是小时候的哀伤感的一次次重现。小时候生活在农村，一出门，就是大片大片的玉米地，那种满山遍野的绿，那种丰盈的长势，或许还引发不出什么，而到了秋冬季节，秸秆枯萎了，甚至秸秆也收了，剩下满地的玉米茬，常常能让我生出一种莫名的哀伤感来。小时候也不懂什么是形而上的思维，但那种哀伤感是确实的。所以后来画的时候，就能够把玉米秸秆的凌乱、枯萎和挺直、繁茂的形态，和我熟悉的人物联系起来。"由此不难看到，当忠杰不再"故意"，放下"知识"，把封闭在知识中的自我解放出来，回到童年的记忆，走向的反而不是自我，而是他人，是社会，是更宽广的人心，是埋藏在人心深处的感动。

当然，返璞归真，对任何艺术创作，都绝非随意丢掉一件外套那么容易，这其实是另一种"故意"，是向更开阔的"知识"领地进军。忠杰坦言，在描摹玉米地这种粗粝的景象时，绘画技法曾倾向于率性、粗粝，总感觉只有这样才直抒胸臆，可这些年不断地画，不断地否定和建立，并重温柯罗、弗洛伊德等大师的画，发现不管是人体还是风景，他们都是有归拢、有抽离，而不是单纯地描绘个体。于是在画玉米地系列时，他从依赖图片开始，逐步走向抽象和表现意味，他将这称为"看山似山，看水似水"。

同样是表现印象世界，可因为有了对客观世界更深一层的洞察，找回了对客观世界的本质认知，便呈现了完全不同的艺术效果。这不禁使我想起凡·高，他在一封写给弟弟的信中说道："许多风景画家并没有真正认识自然，而那些从孩提时就整天看田野的人是不一样的……你可能会说,每个人从孩提开始都看过风景和人物,问题是,是否每一个人从孩提时就开始思索?是否每一个看过风景的人都热爱荒原、田地、草坪、树林、雨雪和风暴?"思索、热爱,忠杰就是那个在孩提起就天天看田野并热爱田野的人,他不光看田野,看风景和人物,热爱它们,他还在孩提时代就开始了思索,于是,哀伤在他的心灵里扎下了根。然而在那封信的后边,凡·高还说道:"在风景画领域,已经开始出现巨大的分歧,在此,我想引用一句赫克默的话,'口译者把他们的聪明才智用于显示他们职业的尊贵上'。我相信,公众将会说,把我们从艺术的联合体中解救出来吧,把纯朴的自然还给我们……"很显然,虽然忠杰有一个对大自然热爱并思索的童年,可在艺术的道路上,他还是经历了像"口译者把聪明才智用于显示职业的尊贵"这一迷茫的过程,现在,他终于驱开迷雾,把自己"从艺术的联合体里解救出来",他把纯朴的田野还给了我们,他把孩提时代的哀伤还给了我们! 在跟姜羑的对话中,他的创作感言深刻而朴素。"那些凌乱的玉米秸,也可能是三叔,也可能是二大爷,也可能是自己,反正就是我们这些普普通通的人,我是把玉米地形态当成社会来画的,我觉得在我们的社会,其实就是这些玉米秸秆一样的人在支撑着,他们的辛酸苦乐淹没在大地当中,一茬茬地不断地生长、收获、枯萎或被烧掉。"

尊重自然生命,如同尊重人的生命,这是一份朴素而高贵的情怀,这是艺术工作者"自我"认知的真正解放。自我,原本就在自我的意识里,可找到它、解放它,要付出山重水复的艰辛,这或许就是不断困扰忠杰的哲学命题,在玉米地里,他似乎找到了它。为此,我祝福忠杰!

为生命而艺术,愿与忠杰共勉!

2015 年 1 月 10 日

理解生慈悲

——关于家训

　　顺着"家"这棵藤往根处摸,女人都会摸到两个家。这似乎有些悲凉,你在一个家里长得好好的,却要生生地被拔苗移走。我二十七岁嫁人,经历了漫长的缓苗过程,带着乡村门风讲究的大家庭的优越感,来到没有门风也无所谓家族的小家小院,陷落感无时不在。我那所谓的门风,其实并不来自安详的生活,那时正是凄风苦雨的"文革",父亲、叔叔、大爷全被批斗,姥爷、舅舅也被批斗。然而正是奶奶在这并不安详生活中的安详,让我自童年起就领略了奶奶带给家族的威严。那威严不是训诫、不是誓言,它甚至无声,但此处无声胜有声。比如无论外面的批斗口号喊得多响,奶奶每天早上洗脸时,必照例脱了上衣洗身子。冬天天冷,怕披在奶奶身上的衣服脱落,我便是那个帮她不断往肩上拽衣服的人。比如一日三餐,无论外面有什么样的消息传来,每餐后奶奶必照例要漱口。她的儿媳、孙媳——我的妈妈和嫂子忙家里的活计时,我就是那个端漱口盅的人。比如无论街上的人如何对孙家人躲之不及,奶奶三天两头总要挺直了腰板穿过大街,去大爷和叔叔家串门。她穿着浆洗得板板正正的衣服,里边白色衬褂一尘不染,领口处一定要露在外面,街坊邻居敬佩的眼神从远处朝奶奶望过来时,我就是那个分享了荣耀感的人。

奶奶出身辽南大孤山镇大户人家,读过书,有文化,嫁给乡村的爷爷,心底经历了怎样的挣扎,她从未说过;赶上"文革",她的儿女们受她"国民党战犯"的弟弟牵连,生活再一次陷落,她忍受了怎样的苦难,仍然不曾说过,可那从陷落的情绪里长出来的东西,胜过所有语言。当那东西潜移默化成一种无所畏惧的威严和安详,并吐露出荣耀的须芽,你也就希望自己有洁白的领口、清洁的牙齿、笔挺板正的衣衫,"讲排场"也就成了人们评论孙氏家族的常用词。

如果说我娘家的家还有什么家训,那么就是童年里奶奶通过细节所展示出的"讲排场"的姿态,虽然那排场所吐露的荣耀,是畸形的荣耀,有虚张声势的意思,属硬撑起来的面子,可正是这硬撑出来的畸形荣耀,使爷爷不在、叔叔大爷父亲纷纷被打倒的男人缺席的孙氏家族,得到一种精神的护持——安详的笼罩。二娘和四婶是镇上人,对奶奶的"讲排场"心领神会,发现奶奶从街上走来,也穿着新崭崭的衣服迎出家门。母亲出生于乡村,大字不识一个,可她对奶奶更是配合默契,不但每天都心甘情愿为奶奶端水、洗衣、浆衣服，她侍候了奶奶一辈子，一辈子都一丝不苟。母亲生性贤惠隐忍，柔情似水，与奶奶刚烈不阿的性格完全相反，她的配合不排除有性格因素，可当年父亲卖过膝袜子，奶奶把拿到家里的过膝袜子分给城里出身的二娘和四婶，没给母亲，母亲在油灯下讲这个故事时，眼里满含泪水。很显然，当母亲陷落于奶奶"讲排场"这种既虚妄又实在的荣耀感中，荣誉感也润物无声地潜入了母亲的生命。母亲被移苗孙家，或许不是陷落，是提升，是拔苗助长，虽然要克服漫长的缓苗痛苦，可母亲是幸运的，毕竟，她在精神上找到了"组织"……

排场里的荣耀，无疑含有虚荣的成分，后来的年月，我越来越多地看到奶奶在特殊年代留给了孙特殊礼物所衍生出的问题，可不管你如何自我反省和批判，它都在你的身体里驱之不去。当携带这精神基因来到精神空气稀薄的另一片土地，我经历了长期的水土不服……

婆婆曾是娘家的老大，十三岁就下地干活，她喜欢旷野，喜欢跟大自然在一起，"移植"到张家，因为公公住供销社，常年在外，这个男人缺席的家需要她一个人承担家里家外的劳动，那个家的物质外壳——房屋，便只是她和孩子们做饭睡觉栖身的场所，一声鸟叫，一声买卖人在旷野的呼喊，都会让她不顾锅底正燃着的火，冲出院子。至于此时，身上的衣衫是不是整洁体面，身后锅底的火是不是烧了出来，锅里的菜是不是烧煳了，她全然不顾，更不用说家里的卫生,过日子的规矩。恰恰公公在外,受文明熏染,希望有规矩,希望家里干净体面,当他偶尔回来,发现这个家并不是他理想的家,吃饭的饭桌就成了他训斥发火的唯一场合。刚结婚时,每餐吃饭,大家低头急慌慌吃几口赶紧撤退,我有些诧异,自动留下来陪公公,可我不知道,我是在引火烧身,因为当公公发现终于可以有一个人听他讲话,讲他过日子的理想,我便成了他的教育对象。虽然后来我也开始撤退,但就是从那时起,我开始思考,思考这个家为什么会是这个样子?

顺着"家"这根藤蔓,我摸到了两个家,却不曾摸到一个跟"家训"有关的瓜。这真的让我有些悲凉。然而最悲凉的是,在历代名人家训榜上,出现的全都是男人名字,不管是皇上还是圣贤,是商人还是科学家,似乎从来就没有女人的事儿。而在我的两个家里,在我的生命中,女人是如此重要,女人不但需要撑起家这片天,还要经历拔苗移植、水土不服的痛苦,还要被"家"来"训"……

如果说我从两个家里真正找到了什么,那么只有一点:对生命的理解。如果没有奶奶对当时家境的理解,就不会有那威严的做派,如果没有母亲对奶奶做派的理解,就不会有谦卑的服从;如果没有婆婆对公公发火的理解,就不会有默默的忍受,同样,如果我不是在痛苦中慢慢理解了公公婆婆的人生,从心底生出同情,我的缓苗过程将永无休止……

女人的家训，或许永远只有一个：理解。因为理解生慈悲，而女人的慈悲，是家得以源远流长的真正血脉。

2017 年 5 月 1 日

"小说家的散文"丛书

（以出版先后排序）